BIBLIOTECA
GABRIEL GARCÍA MÁRQUEZ

GABRIEL
GARCÍA MÁRQUEZ

*Del amor
y
otros demonios*

Círculo de Lectores

Para Carmen Balcells
bañada en lágrimas

Parece que los cabellos han de resucitar
mucho menos que las otras partes del cuerpo.

TOMÁS DE AQUINO
De la integridad de los cuerpos resucitados
(cuestión 80, cap. 5)

El 26 *de octubre de* 1949
no fue un día de grandes noticias. El maestro Cle-
mente Manuel Zabala, jefe de redacción del diario
donde hacía mis primeras letras de reportero, ter-
minó la reunión de la mañana con dos o tres suge-
rencias de rutina. No encomendó una tarea concre-
ta a ningún redactor. Minutos después se enteró por
teléfono de que estaban vaciando las criptas fune-
rarias del antiguo convento de Santa Clara, y me
ordenó sin ilusiones:

«Date una vuelta por allá a ver qué se te ocurre.»

El histórico convento de las clarisas, convertido
en hospital desde hacía un siglo, iba a ser vendido
para construir en su lugar un hotel de cinco estre-
llas. Su preciosa capilla estaba casi a la intemperie
por el derrumbe paulatino del tejado, pero en sus
criptas permanecían enterradas tres generaciones
de obispos y abadesas y otras gentes principales. El
primer paso era desocuparlas, entregar los restos a
quienes los reclamaran, y tirar el saldo en la fosa
común.

Me sorprendió el primitivismo del método. Los
obreros destapaban las fosas a piocha y azadón, sa-
caban los ataúdes podridos que se desbarataban
con sólo moverlos, y separaban los huesos del ma-

13

zacote de polvo con jirones de ropa y cabellos marchitos. Cuanto más ilustre era el muerto más arduo era el trabajo, porque había que escarbar en los escombros de los cuerpos y cerner muy fino sus residuos para rescatar las piedras preciosas y las prendas de orfebrería.

El maestro de obra copiaba los datos de la lápida en un cuaderno de escolar, ordenaba los huesos en montones separados, y ponía la hoja con el nombre encima de cada uno para que no se confundieran. Así que mi primera visión al entrar en el templo fue una larga fila de montículos de huesos, recalentados por el bárbaro sol de octubre que se metía a chorros por los portillos del techo, y sin más identidad que el nombre escrito a lápiz en un pedazo de papel. Casi medio siglo después siento todavía el estupor que me causó aquel testimonio terrible del paso arrasador de los años.

Allí estaban, entre muchos otros, un virrey del Perú y su amante secreta; don Toribio de Cáceres y Virtudes, obispo de esta diócesis; varias abadesas del convento, entre ellas la madre Josefa Miranda, y el bachiller en artes don Cristóbal de Eraso, que había consagrado media vida a fabricar los artesonados. Había una cripta cerrada con la lápida del segundo marqués de Casalduero, don Ygnacio de Alfaro y Dueñas, pero cuando la abrieron se vio que estaba vacía y sin usar. En cambio los restos de su marquesa, doña Olalla de Mendoza, estaban con su lápida propia en la cripta vecina. El maestro de obra no le dio importancia: era normal que un noble criollo hubiera aderezado su propia tumba y que lo hubieran sepultado en otra.

En la tercera hornacina del altar mayor, del lado del Evangelio, allí estaba la noticia. La lápida saltó en pedazos al primer golpe de la piocha, y una cabellera viva de un color de cobre intenso se derramó fuera de la cripta. El maestro de obra quiso sacarla completa con la ayuda de sus obreros, y cuanto más tiraban de ella más larga y abundante parecía, hasta que salieron las últimas hebras todavía prendidas a un cráneo de niña. En la hornacina no quedó nada más que unos huesecillos menudos y dispersos, y en la lápida de cantería carcomida por el salitre sólo era legible un nombre sin apellidos: Sierva María de Todos los Ángeles. *Extendida en el suelo, la cabellera espléndida medía veintidós metros con once centímetros.*

El maestro de obra me explicó sin asombro que el cabello humano crecía un centímetro por mes hasta después de la muerte, y veintidós metros le parecieron un buen promedio para doscientos años. A mí, en cambio, no me pareció tan trivial, porque mi abuela me contaba de niño la leyenda de una marquesita de doce años cuya cabellera le arrastraba como una cola de novia, que había muerto del mal de rabia por el mordisco de un perro, y era venerada en los pueblos del Caribe por sus muchos milagros. La idea de que esa tumba pudiera ser la suya fue mi noticia de aquel día, y el origen de este libro.

Gabriel García Márquez
Cartagena de Indias, 1994

Uno

Un perro cenizo con un lucero en la frente irrumpió en los vericuetos del mercado el primer domingo de diciembre, revolcó mesas de fritangas, desbarató tenderetes de indios y toldos de lotería, y de paso mordió a cuatro personas que se le atravesaron en el camino. Tres eran esclavos negros. La otra fue Sierva María de Todos los Ángeles, hija única del marqués de Casalduero, que había ido con una sirvienta mulata a comprar una ristra de cascabeles para la fiesta de sus doce años.

Tenían instrucciones de no pasar del Portal de los Mercaderes, pero la criada se aventuró hasta el puente levadizo del arrabal de Getsemaní, atraída por la bulla del puerto negrero, donde estaban rematando un cargamento de esclavos de Guinea. El barco de la Compañía Gaditana de Negros era esperado con alarma desde hacía una semana, por haber sufrido a bordo una mortandad inexplicable. Tratando de esconderla habían echado al agua los cadáveres sin lastre. El mar de leva los sacó a flote y amanecieron en la playa desfigurados por la hinchazón y con una rara coloración solferina. La nave fue anclada en las afueras de la bahía por el temor de que fuera un brote de alguna peste africana, hasta que comprobaron que había sido un envenenamiento con fiambres manidos.

A la hora en que el perro pasó por el mercado ya habían rematado la carga sobreviviente, devaluada por su pésimo estado de salud, y estaban tratando de compensar las pérdidas con una sola pieza que valía por todas. Era una cautiva abisinia con siete cuartas de estatura, embadurnada de melaza de caña en vez del aceite comercial de rigor, y de una hermosura tan perturbadora que parecía mentira. Tenía la nariz afilada, el cráneo acalabazado, los ojos oblicuos, los dientes intactos y el porte equívoco de un gladiador romano. No la herraron en el corralón, ni cantaron su edad ni su estado de salud, sino que la pusieron en venta por su sola belleza. El precio que el gobernador pagó por ella, sin regateos y de contado, fue el de su peso en oro.

Era asunto de todos los días que los perros sin dueño mordieran a alguien mientras andaban correteando gatos o peleándose con los gallinazos por la mortecina de la calle, y más en los tiempos de abundancias y muchedumbres en que la Flota de Galeones pasaba para la feria de Portobelo. Cuatro o cinco mordidos en un mismo día no le quitaban el sueño a nadie, y menos con una herida como la de Sierva María, que apenas si alcanzaba a notársele en el tobillo izquierdo. Así que la criada no se alarmó. Ella misma le hizo a la niña una cura de limón y azufre y le lavó la mancha de sangre de los pollerines, y nadie siguió pensando en nada más que en el jolgorio de sus doce años.

Bernarda Cabrera, madre de la niña y esposa

sin títulos del marqués de Casalduero, se había tomado aquella madrugada una purga dramática: siete granos de antimonio en un vaso de azúcar rosada. Había sido una mestiza brava de la llamada aristocracia de mostrador; seductora, rapaz, parrandera, y con una avidez de vientre para saciar un cuartel. Sin embargo, en pocos años se había borrado del mundo por el abuso de la miel fermentada y las tabletas de cacao. Los ojos gitanos se le apagaron, se le acabó el ingenio, obraba sangre y arrojaba bilis, y el antiguo cuerpo de sirena se le volvió hinchado y cobrizo como el de un muerto de tres días, y despedía unas ventosidades explosivas y pestilentes que asustaban a los mastines. Apenas si salía de la alcoba, y aun entonces andaba a la cordobana, o con un balandrán de sarga sin nada debajo que la hacía parecer más desnuda que sin nada encima.

Había hecho siete cámaras mayores cuando regresó la criada que acompañó a Sierva María, y no le habló del mordisco del perro. En cambio, le comentó el escándalo del puerto por el negocio de la esclava. «Si es tan bella como dicen puede ser abisinia», dijo Bernarda. Pero aunque fuera la reina de Saba no le parecía posible que alguien la comprara por su peso en oro.

«Querrán decir en pesos oro», dijo.

«No», le aclararon, «tanto oro cuanto pesa la negra.»

«Una esclava de siete cuartas no pesa menos de ciento veinte libras», dijo Bernarda. «Y no hay mujer ni negra ni blanca que valga ciento veinte libras de oro, a no ser que cague diamantes.»

Nadie había sido más astuto que ella en el comercio de esclavos, y sabía que si el gobernador había comprado a la abisinia no debía de ser para algo tan sublime como servir en su cocina. En ésas estaba cuando oyó las primeras chirimías y los petardos de fiesta, y enseguida el alboroto de los mastines enjaulados. Salió al huerto de naranjos para ver qué pasaba.

Don Ygnacio de Alfaro y Dueñas, segundo marqués de Casalduero y señor del Darién, también había oído la música desde la hamaca de la siesta, que colgaba entre dos naranjos del huerto. Era un hombre fúnebre, de la cáscara amarga, y de una palidez de lirio por la sangría que le hacían los murciélagos durante el sueño. Usaba una chilaba de beduino para andar por casa y un bonete de Toledo que aumentaba su aire de desamparo. Al ver a la esposa como Dios la echó al mundo se anticipó a preguntarle:

«¿Qué músicas son ésas?»

«No sé», dijo ella. «¿A cómo estamos?»

El marqués no lo sabía. Debió de sentirse de veras muy inquieto para preguntárselo a su esposa, y ella debía de estar muy aliviada de su bilis para haberle contestado sin un sarcasmo. Se había sentado en la hamaca, intrigado, cuando se repitieron los petardos.

«Santo Cielo», exclamó. «¡A cómo estamos!»

La casa colindaba con el manicomio de mujeres de la Divina Pastora. Alborotadas por la música y los cohetes, las reclusas se habían asomado a la terraza que daba sobre el huerto de los naranjos, y celebraban cada explosión con ovaciones. El marqués les preguntó a gritos que dónde era la fiesta, y ellas lo sacaron de dudas. Era 7 de diciembre, día de San Ambrosio, Obispo, y la música y la pólvora tronaban en el patio de los esclavos en honor de Sierva María. El marqués se dio una palmada en la frente.

«Claro», dijo. «¿Cuántos cumple?»

«Doce», dijo Bernarda.

«¿Apenas doce?», dijo él, tendido otra vez en la hamaca. «¡Qué vida tan lenta!»

La casa había sido el orgullo de la ciudad hasta principios del siglo. Ahora estaba arruinada y lóbrega, y parecía en estado de mudanza por los grandes espacios vacíos y las muchas cosas fuera de lugar. En los salones se conservaban todavía los pisos de mármoles ajedrezados y algunas lámparas de lágrimas con colgajos de telaraña. Los aposentos que se mantenían vivos eran frescos en cualquier tiempo por el espesor de los muros de calicanto y los muchos años de encierro, y más aún por las brisas de diciembre que se filtraban silbando por las rendijas. Todo estaba saturado por el relente opresivo de la desidia y las tinieblas. Lo único que quedaba de las ínfulas señoriales del primer marqués eran los cinco mastines de presa que guardaban las noches.

El fragoroso patio de los esclavos, donde se celebraban los cumpleaños de Sierva María, había sido otra ciudad dentro de la ciudad en los tiempos del primer marqués. Siguió siendo así con el heredero mientras duró el tráfico torcido de esclavos y de harina que Bernarda manejaba con la mano izquierda desde el trapiche de Mahates. Ahora todo esplendor pertenecía al pasado. Bernarda estaba extinguida por su vicio insaciable, y el patio reducido a dos barracas de madera con techos de palma amarga, donde acabaron de consumirse los últimos saldos de la grandeza.

Dominga de Adviento, una negra de ley que gobernó la casa con puño de fierro hasta la víspera de su muerte, era el enlace entre aquellos dos mundos. Alta y ósea, de una inteligencia casi clarividente, era ella quien había criado a Sierva María. Se había hecho católica sin renunciar a su fe yoruba, y practicaba ambas a la vez, sin orden ni concierto. Su alma estaba en sana paz, decía, porque lo que le faltaba en una lo encontraba en la otra. Era también el único ser humano que tenía autoridad para mediar entre el marqués y su esposa, y ambos la complacían. Sólo ella sacaba a escobazos a los esclavos cuando los encontraba en descalabros de sodomía o fornicando con mujeres cambiadas en los aposentos vacíos. Pero desde que ella murió se escapaban de las barracas huyendo de los calores del medio día, y andaban tirados por los suelos en cualquier rincón, raspando el cucayo de los calderos de arroz para comérselo, o jugando al macuco y a la tarabilla en la fresca de los corredores. En aquel mundo opresivo en el que nadie era libre, Sierva María lo era: sólo ella y sólo allí. De modo que era allí donde se celebraba la fiesta, en su verdadera casa y con su verdadera familia.

No podía concebirse un bailongo más taciturno en medio de tanta música, con los esclavos propios y algunos de otras casas de distinción que aportaban lo que podían. La niña se mostraba como era. Bailaba con más gracia y más brío que los africanos de nación, cantaba con voces distintas de la suya en las diversas lenguas de África, o con voces de pájaros y animales, que los desconcertaban a ellos mismos. Por orden de Dominga de Adviento las esclavas más jóvenes le pintaban la cara con negro de humo, le colgaron collares de santería sobre el escapulario del bautismo y le cuidaban la cabellera que nunca le cortaron y que le habría estorbado para caminar de no ser por las trenzas de muchas vueltas que le hacían a diario.

Empezaba a florecer en una encrucijada de fuerzas contrarias. Tenía muy poco de la madre. Del padre, en cambio, tenía el cuerpo escuálido, la timidez irredimible, la piel lívida, los ojos de un azul taciturno, y el cobre puro de la cabellera radiante. Su modo de ser era tan sigiloso que parecía una criatura invisible. Asustada con tan extraña condición, la madre le colgaba un cencerro en el puño para no perder su rumbo en la penumbra de la casa.

Dos días después de la fiesta, y casi por descuido, la criada le contó a Bernarda que a Sierva María la había mordido un perro. Bernarda lo pensó mientras tomaba antes de acostarse su sexto baño caliente con jabones fragantes, y cuando regresó al dormitorio ya lo había olvidado. No volvió a recordarlo hasta la noche siguiente porque los mastines estuvieron ladrando sin causa hasta el amanecer, y temió que estuvieran arrabiados. Entonces fue con la palmatoria a las barracas del patio, y encontró a Sierva María dormida en la hamaca de palmiche indio que heredó de Dominga de Adviento. Como la criada no le había dicho dónde fue el mordisco, le levantó la sayuela y la examinó palmo a palmo, siguiendo con la luz la trenza de penitencia que tenía enroscada en el cuerpo como una cola de león. Al final encontró el mordisco: un desgarrón en el tobillo izquierdo, ya con su costra de sangre seca, y unas excoriaciones apenas visibles en el calcañal.

No eran pocos ni triviales los casos de mal de rabia en la historia de la ciudad. El de más estruendo fue el de un gorgotero que andaba por las veredas con un mico amaestrado cuyas maneras se distinguían poco de las humanas. El animal contrajo la rabia durante el sitio naval de los ingleses, mordió al amo en la cara y escapó a los cerros vecinos. Al desdichado saltimbanco lo mataron a garrote limpio en medio de unas alucinaciones pavorosas que las madres seguían cantando muchos años después en coplas callejeras para asustar a los niños. Antes de dos semanas una horda de macacos luciferinos descendió de los montes a pleno día. Hicieron estragos en porquerizas y gallineros, e irrumpieron en la catedral aullando y ahogándose en espumarajos de sangre, mientras se celebraba el tedéum por la derrota de la escuadra inglesa. Sin embargo, los dramas más terribles no pasaban a la historia, pues ocurrían entre la población negra, donde escamoteaban a los mordidos para tratarlos con magias africanas en los palenques de cimarrones.

A pesar de tantos escarmientos, ni blancos ni negros ni indios pensaban en la rabia, ni en ninguna de las enfermedades de incubación lenta, mientras no se revelaban los primeros síntomas irreparables. Bernarda Cabrera procedió con el mismo criterio. Pensaba que las fabulaciones de los esclavos iban más rápido y más lejos que las de los cristianos, y que hasta un simple mordisco de perro podía causar un daño a la honra de la familia. Tan segura estaba de sus razones, que ni siquiera le mencionó el asunto al marido, ni volvió a recordarlo hasta el domingo siguiente, cuando la criada fue sola al mercado y vio el cadáver de un perro colgado de un almendro para que se supiera que había muerto del mal de rabia. Le bastó una mirada para reconocer el lucero en la frente y la pelambre cenicienta del que mordió a Sierva María. Sin embargo, Bernarda no se preocupó cuando se lo contaron. No había de qué: la herida estaba seca y no quedaba ni rastro de las excoriaciones.

Diciembre había empezado mal, pero pronto recuperó sus tardes de amatista y sus noches de brisas locas. La Navidad fue más alegre que en otros años por las buenas noticias de España. Pero la ciudad no era la de antes. El mercado principal de esclavos se había trasladado a La Habana, y los mineros y hacendados de estos reinos de Tierra Firme preferían comprar su mano de obra de contrabando y a menor precio en las Antillas inglesas. De modo que había dos ciudades: una alegre y multitudinaria durante los seis meses en que permanecían en puerto los galeones, y otra soñolienta en el resto del año, a la espera de que regresaran.

No volvió a saberse nada de los mordidos hasta principios de enero, cuando una india andariega conocida con el nombre de Sagunta tocó a la puerta del marqués a la hora sagrada de la siesta. Era muy vieja, y andaba descalza a pleno sol con un bordón de carreto y envuelta de pies a cabeza en una sábana blanca. Tenía la mala fama de ser remiendavirgos y abortera, aunque la compensaba con la buena de conocer secretos de indios para levantar desahuciados.

El marqués la recibió de mala gana, de pie en el zaguán, y demoró en entender lo que quería, pues era una mujer de gran parsimonia y circunloquios enrevesados. Dio tantas vueltas y revueltas para llegar al asunto, que el marqués perdió la paciencia.

«Sea lo que sea, dígamelo sin más latines», le dijo.

«Estamos amenazados por una peste de mal de rabia», dijo Sagunta, «y yo soy la única que tengo las llaves de San Huberto, patrono de los cazadores y sanador de los arrabiados.»

«No veo el porqué de una peste», dijo el marqués. «No hay anuncios de cometas ni eclipses, que yo sepa, ni tenemos culpas tan grandes como para que Dios se ocupe de nosotros.»

Sagunta le informó que en marzo habría un eclipse total de sol, y le dio noticias completas de los mordidos el primer domingo de diciembre. Dos habían desaparecido, sin duda escamoteados por los suyos para tratar de hechizarlos, y un tercero había muerto del mal de rabia en la segunda semana. Había un cuarto que no fue mordido sino apenas salpicado por la baba del mismo perro, y estaba agonizando en el hospital del Amor de Dios. El alguacil mayor había hecho envenenar a un centenar de perros sin dueño en lo que iba del mes. En una semana más no quedaría uno vivo en la calle.

«De todos modos, no sé qué tenga yo que ver con eso», dijo el marqués. «Y menos a una hora tan extraviada.»

«Su niña fue la primera mordida», dijo Sagunta.

El marqués le dijo con una gran convicción:

«Si así fuera, yo habría sido el primero en saberlo.»

Creía que la niña se sentía bien, y no le parecía posible que algo tan grave le hubiera ocurrido sin que él lo supiera. Así que dio la visita por terminada y se fue a completar la siesta.

No obstante, esa tarde buscó a Sierva María en los patios del servicio. Estaba ayudando a desollar conejos, con la cara pintada de negro, descalza y con el turbante colorado de las esclavas. Le preguntó si era verdad que la había mordido un perro, y ella le contestó que no sin la menor duda. Pero Bernarda se lo confirmó esa noche. El marqués, confundido, preguntó:

«¿Y por qué Sierva lo niega?»

«Porque no hay modo de que diga una verdad ni por yerro», dijo Bernarda.

«Entonces hay que proceder», dijo el marqués, «porque el perro tenía el mal de rabia.»

«Al contrario», dijo Bernarda: «más bien, el perro debió morir por morderla a ella. Eso fue por diciembre y la muy descarada está como una flor.»

Ambos siguieron atentos a los rumores crecientes sobre la gravedad de la peste, y aun contra sus deseos tuvieron que conversar otra vez sobre asuntos que les eran comunes, como en los tiempos en que se odiaban menos. Para él era claro. Siempre creyó que amaba a la hija, pero el miedo al mal de rabia lo obligaba a confesarse que se engañaba a sí mismo por comodidad. Bernarda, en cambio, no se lo preguntó siquiera, pues tenía plena conciencia de no amarla ni de ser amada por ella, y ambas cosas le parecían justas. Mucho del odio que ambos sentían por la niña era por lo que ella tenía del uno y del otro. Sin embargo, Bernarda estaba dispuesta a hacer la farsa de las lágrimas y a guardar un luto de madre adolorida por preservar su honra, con la condición de que la muerte de la niña fuera por una causa digna.

«No importa cuál», precisó, «siempre que no sea una enfermedad de perro.»

El marqués comprendió en ese instante, como una deflagración celestial, cuál era el sentido de su vida.

«La niña no se va a morir», dijo, resuelto. «Pero si tiene que morir ha de ser de lo que Dios disponga.»

El martes fue al hospital del Amor de Dios, en el cerro de San Lázaro, para ver al arrabiado de que le habló Sagunta. No fue consciente de que su carroza de crespones mortuorios iba a ser vista como un síntoma más de las desgracias que se estaban incubando, pues hacía muchos años que no salía de su casa sino en las grandes ocasiones, y hacía otros muchos que no había ocasiones más grandes que las infaustas.

La ciudad estaba sumergida en su marasmo de siglos, pero no faltó quien vislumbrara el rostro macilento, los ojos fugaces del caballero incierto con sus tafetanes de luto, cuya carroza abandonó el recinto amurallado y se dirigió a campo traviesa hacia el cerro de San Lázaro. En el hospital, los leprosos tirados en los pisos de ladrillos lo vieron entrar con sus trancos de muerto, y le cerraron el paso para pedirle una limosna. En el pabellón de los furiosos continuos, amarrado a un poste, estaba el arrabiado.

Era un mulato viejo con la cabeza y la barba algodonadas. Estaba ya paralizado de medio cuerpo, pero la rabia le había infundido tanta fuerza en la otra mitad, que debieron amarrarlo para que no se despedazara contra las paredes. Su relato no dejaba dudas de que lo había mordido el mismo perro ceniciento del lucero blanco que mordió a Sierva María. Y lo había babeado, en efecto, aunque no sobre la piel sana sino en una úlcera crónica que tenía en la pantorrilla. Esa precisión no fue bastante para tranquilizar al marqués, que abandonó el hospital horrorizado por la visión del moribundo y sin una luz de esperanza para Sierva María.

Cuando volvía a la ciudad por la cornisa del cerro encontró a un hombre de gran apariencia sentado en una piedra del camino junto a su caballo muerto. El marqués hizo detener el coche, y sólo cuando el hombre se puso de pie reconoció al licenciado Abrenuncio de Sa Pereira Cao, el médico más notable y controvertido de la ciudad. Era idéntico al rey de bastos. Llevaba un sombrero de alas grandes para el sol, botas de montar, y la capa negra de los libertos letrados. Saludó al marqués con una ceremonia poco usual.

«*Benedictus qui venit in nomine veritatis*», dijo.

Su caballo no había resistido de bajada la misma cuesta que había subido al trote, y se le reventó el corazón. Neptuno, el cochero del marqués, trató de desensillarlo. El dueño lo disuadió.

«Para qué quiero silla si no tendré a quién ensillar», dijo. «Déjela que se pudra con él.»

El cochero tuvo que ayudarlo a subir en la carroza por su corpulencia pueril, y el marqués le hizo la distinción de sentarlo a su derecha. Abrenuncio pensaba en el caballo.

«Es como si se me hubiera muerto la mitad del cuerpo», suspiró.

«Nada es tan fácil de resolver como la muerte de un caballo», dijo el marqués.

Abrenuncio se animó. «Éste era distinto», dijo. «Si tuviera los medios, lo haría sepultar en tierra sagrada.» Miró al marqués a la espera de su reacción, y terminó:

«En octubre cumplió cien años.»

«No hay caballo que viva tanto», dijo el marqués.

«Puedo probarlo», dijo el médico.

Servía los martes en el Amor de Dios, ayudando a los leprosos enfermos de otros males. Había sido alumno esclarecido del licenciado Juan Méndez Nieto, otro judío portugués emigrado al Caribe por la persecución en España, y había heredado su mala fama de nigromante y deslenguado, pero nadie ponía en duda su sabiduría. Sus pleitos con los otros médicos, que no perdonaban sus aciertos inverosímiles ni sus métodos insólitos, eran constantes y sangrientos. Había inventado una píldora de una vez al año que afinaba el tono de la salud y alargaba la vida, pero causaba tales trastornos del juicio los primeros tres días que nadie más que él se arriesgaba a tomarla. En otros tiempos solía tocar el arpa a la cabecera de los enfermos para sedarlos con cierta música compuesta a propósito. No practicaba la cirugía, que siempre consideró un arte inferior de dómines y barberos, y su especialidad terrorífica era predecir a los enfermos el día y la hora de la muerte. Sin embargo, tanto su buena fama como la mala se sustentaban en lo mismo: se decía, y nadie lo desmintió nunca, que había resucitado a un muerto.

A pesar de su experiencia, Abrenuncio estaba conmovido por el arrabiado. «El cuerpo humano no está hecho para los años que uno podría vivir», dijo. El marqués no perdió una palabra de su disertación minuciosa y colorida, y sólo habló cuando el médico no tuvo nada más que decir.

«¿Qué se puede hacer con ese pobre hombre?», preguntó.

«Matarlo», dijo Abrenuncio.

El marqués lo miró espantado.

«Al menos es lo que haríamos si fuéramos buenos cristianos», prosiguió el médico, impasible. «Y no se asombre, señor: hay más cristianos buenos de los que uno cree.»

Se refería en realidad a los cristianos pobres de cualquier color, en los arrabales y en el campo, que tenían el coraje de echar un veneno en la comida de sus arrabiados para evitarles el espanto de las postrimerías. A fines del siglo anterior una familia entera se tomó la sopa envenenada porque ninguno tuvo corazón para envenenar solo a un niño de cinco años.

«Se supone que los médicos no sabemos que esas cosas suceden», concluyó Abrenuncio. «Y no es así, pero carecemos de autoridad moral para respaldarlas. A cambio de eso, hacemos con los moribundos lo que usted acaba de ver. Los encomendamos a san Huberto, y los amarramos a un poste para que puedan agonizar peor y por más tiempo.»

«¿No hay otro recurso?», preguntó el marqués.

«Después de los primeros insultos de la rabia, no hay ninguno», dijo el médico. Habló de tratados alegres que la consideraban como enfermedad curable, con base en fórmulas diversas: la hepática terrestre, el cinabrio, el almizcle, el mercurio argentino, el *anagallis flore purpureo*. «Pamplinas», dijo. «Lo que pasa es que a unos les da la rabia y a otros no, y es fácil decir que a los que no les dio fue por las medicinas.» Buscó los ojos del marqués para asegurarse de que seguía despierto, y concluyó:

«¿Por qué tiene tanto interés?»

«Por piedad», mintió el marqués.

Contempló desde la ventana el mar aletargado por el tedio de las cuatro, y se dio cuenta con el corazón oprimido de que habían vuelto las golondrinas. Aún no se alzaba la brisa. Un grupo de niños trataba de cazar a pedradas un alcatraz extraviado en una playa cenagosa, y el marqués lo siguió en su vuelo fugitivo hasta que se perdió entre las cúpulas radiantes de la ciudad fortificada.

La carroza entró en el recinto de las murallas por la puerta de tierra de la Media Luna y Abrenuncio guió al cochero hasta su casa a través del bullicioso arrabal de los artesanos. No fue fácil. Neptuno era mayor de setenta años, y además indeciso y corto de vista, y estaba acostumbrado a que el caballo siguiera solo por las calles que conocía mejor que él. Cuando dieron por fin con la casa, Abrenuncio se despidió en la puerta con una sentencia de Horacio.

«No sé latín», se excusó el marqués.

«¡Ni falta que le hace!», dijo Abrenuncio. Y lo dijo en latín, por supuesto.

El marqués quedó tan impresionado, que su primer acto al volver a casa fue el más raro de su vida. Le ordenó a Neptuno que recogiera el caballo muerto en el cerro de San Lázaro y lo enterrara en tierra sagrada, y que muy temprano al día siguiente le mandara a Abrenuncio el mejor caballo de su establo.

Después del alivio efímero de las purgas de antimonio, Bernarda se aplicaba lavativas de consuelo hasta tres veces al día para sofocar el incendio de sus vísceras, o se sumergía en baños calientes con jabones de olor hasta seis veces para templar los nervios. Nada le quedaba entonces de lo que fue de recién casada, cuando concebía aventuras comerciales que sacaba adelante con una certidumbre de adivina, tales eran sus logros, hasta la mala tarde en que conoció a Judas Iscariote y se la llevó la desgracia.

Lo había encontrado por casualidad en una corraleja de ferias peleándose a manos limpias, casi desnudo y sin ninguna protección, contra un toro de lidia. Era tan hermoso y temerario que no pudo olvidarlo. Días después volvió a verlo en una cumbiamba de carnaval a la que ella asistía disfrazada de pordiosera con antifaz, y rodeada por sus esclavas vestidas de marquesas con gargantillas y pulseras y zarcillos de oro y piedras preciosas. Judas estaba en el centro de un círculo de curiosos, bailando con la que le pagara, y habían tenido que poner orden para calmar las ansias de las pretendientas. Bernarda le preguntó cuánto costaba. Judas le contestó bailando:

«Medio real.»

Bernarda se quitó el antifaz.

«Lo que te pregunto es cuánto cuestas de por vida», le dijo.

Judas vio que a cara descubierta no era tan pordiosera como parecía. Soltó la pareja, y se acercó a ella caminando con ínfulas de grumete para que se le notara el precio.

«Quinientos pesos oro», dijo.

Ella lo midió con un ojo de tasadora rejugada. Era enorme, con piel de foca, torso ondulado, caderas estrechas y piernas espigadas, y con unas manos plácidas que negaban su oficio. Bernarda calculó:

«Mides ocho cuartas.»

«Más tres pulgadas», dijo él.

Bernarda le hizo bajar la cabeza al alcance de ella para examinarle la dentadura, y la perturbó el hálito de amoníaco de sus axilas. Los dientes estaban completos, sanos y bien alineados.

«Tu amo debe estar loco si cree que alguien te va a comprar a precio de caballo», dijo Bernarda.

«Soy libre y me vendo yo mismo», contestó él. Y remató con un cierto tono: «Señora».

«Marquesa», dijo ella.

Él le hizo una reverencia de cortesano que la dejó sin aliento, y lo compró por la mitad de sus pretensiones. «Sólo por el placer de la vista», según dijo. A cambio le respetó su condición de libre y el tiempo para seguir con su toro de circo. Lo instaló en un cuarto cercano al suyo que había sido del caballerango, y lo esperó desde la primera noche, desnuda y con la puerta desatrancada, segura de que él iría sin ser invitado. Pero tuvo que esperar dos semanas sin dormir en paz por los ardores del cuerpo.

En realidad, tan pronto como él supo quién era ella y vio la casa por dentro, recobró su distancia de esclavo. Sin embargo, cuando Bernarda había dejado de esperarlo y durmió con sayuela y pasó la tranca en la puerta, él se metió por la ventana. La despertó el aire del cuarto enrarecido por su grajo amoniacal. Sintió el resuello de minotauro buscándola a tientas en la oscuridad, el fogaje del cuerpo encima de ella, las manos de presa que le agarraron la sayuela por el cuello y se la desgarraron en canal mientras le roncaba en el oído: «Puta, puta». Desde esa noche supo Bernarda que no quería hacer nada más de por vida.

Se enloqueció por él. Se iban por las noches a los bailes de candil en los arrabales, él vestido de caballero con levita y sombrero redondo que Bernarda le compraba a su gusto, y ella disfrazada de cualquier cosa al principio, y después con su propia cara. Lo bañó en oro, con cadenas, anillos y pulseras, y le hizo incrustar diamantes en los dientes. Creyó morir cuando se dio cuenta de que se acostaba con todas las que encontraba a su paso, pero al final se conformó con las sobras. Fueron los tiempos en que Dominga de Adviento entró en su dormitorio a la hora de la siesta, creyendo que Bernarda estaba en el trapiche, y los sorprendió en pelotas haciendo el amor por el suelo. La esclava se quedó más deslumbrada que atónita con la mano en la aldaba.

«No te quedes ahí como una muerta», le gritó Bernarda. «O te vas, o te revuelcas aquí con nosotros.»

Dominga de Adviento se fue con un portazo que le sonó a Bernarda como una bofetada. Ella la convocó esa noche y la amenazó con castigos atroces por cualquier comentario que hiciera de lo que había visto. «No se preocupe, blanca», le dijo la esclava. «Usted puede prohibirme lo que quiera, y yo le cumplo.» Y concluyó:

«Lo malo es que no puede prohibirme lo que pienso.»

Si el marqués lo supo se hizo bien el desentendido. A fin de cuentas, Sierva María era lo único que le quedaba en común con la esposa, y no la tenía como hija suya sino sólo de ella. Bernarda, por su parte, ni siquiera lo pensaba. Tan olvidada la tenía, que de regreso de una de sus largas temporadas en el trapiche la confundió con otra por lo grande y distinta que estaba. La llamó, la examinó, la interrogó sobre su vida, pero no obtuvo de ella una palabra.

«Eres idéntica a tu padre», le dijo. «Un engendro.»

Ése seguía siendo el ánimo de ambos el día en que el marqués regresó del hospital del Amor de Dios y le anunció a Bernarda su determinación de asumir con mano de guerra las riendas de la casa. Había en su premura un algo frenético que dejó a Bernarda sin réplica.

Lo primero que hizo fue devolverle a la niña el dormitorio de su abuela la marquesa, de donde Bernarda la había sacado para que durmiera con los esclavos. El esplendor de antaño seguía intacto bajo el polvo: la cama imperial que la servidumbre creía de oro por el brillo de sus cobres; el mosquitero de gasas de novia, las ricas vestiduras de pasamanería, el lavatorio de alabastro con numerosos pomos de perfumes y afeites alineados en un orden marcial sobre el tocador; el beque portátil, la escupidera y el vomitorio de porcelana, el mundo ilusorio que la anciana baldada por el reumatismo había soñado para la hija que no tuvo y la nieta que nunca vio.

Mientras las esclavas resucitaban el dormitorio, el marqués se ocupó de poner su ley en la casa. Espantó a los esclavos que dormitaban a la sombra de las arcadas y amenazó con azotes y ergástulas a los que volvieran a hacer sus necesidades en los rincones o jugaran a suerte y azar en los aposentos clausurados. No eran disposiciones nuevas. Se habían cumplido con mucho más rigor cuando Bernarda tenía el mando y Dominga de Adviento lo imponía, y el marqués se regodeaba en público de su sentencia histórica: «En mi casa se hace lo que yo obedezco». Pero cuando Bernarda sucumbió en los tremedales del cacao y Dominga de Adviento murió, los esclavos volvieron a infiltrarse con gran sigilo, primero las mujeres con sus crías para ayudar en oficios menudos, y luego los hombres ociosos en busca de la fresca de los corredores. Aterrada por el fantasma de la ruina, Bernarda los mandaba a que se ganaran la comida mendigando en la calle. En una de sus crisis decidió manumitirlos, salvo a los tres o cuatro del servicio doméstico, pero el marqués se opuso con una sinrazón:

«Si han de morirse de hambre, es mejor que se mueran aquí y no por esos andurriales.»

No se atuvo a fórmulas tan fáciles cuando el perro mordió a Sierva María. Invistió de poderes al esclavo que le pareció de más autoridad y mayor confianza, y le impartió instrucciones cuya dureza escandalizó a la misma Bernarda. A la prima noche, cuando la casa estaba ya en orden por primera vez desde la muerte de Dominga de Adviento, encontró a Sierva María en la barraca de las esclavas, entre media docena de jóvenes negras que dormían en hamacas entrecruzadas a distintos niveles. Las despertó a todas para impartir las normas del nuevo gobierno.

«Desde esta fecha la niña vive en la casa», les dijo. «Y sépase aquí y en todo el reino que no tiene más que una familia, y es sólo de blancos.»

La niña resistió cuando él quiso llevarla en brazos al dormitorio, y tuvo que hacerle entender que un orden de hombres reinaba en el mundo. Ya en el dormitorio de la abuela, mientras le cambiaba el refajo de lienzo de las esclavas por una camisa de noche, no logró de ella una palabra. Bernarda los vio desde la puerta: el marqués sentado en la cama, luchando con los botones de la camisa de dormir que no pasaban por los ojales nuevos, y la niña de pie frente a él, mirándolo impasible. Bernarda no pudo reprimirse. «¿Por qué no se casan?», se burló. Y como el marqués no le hizo caso, dijo más:

«No sería un mal negocio parir marquesitas criollas con patas de gallina para venderlas a los circos.»

Algo había cambiado también en ella. A pesar de la ferocidad de la risa su rostro parecía menos amargo, y había en el fondo de su perfidia un sedimento de compasión que el marqués no advirtió. Tan pronto como la sintió lejos, le dijo a la niña:

«Es una gorrina.»

Le pareció percibir en ella una chispa de interés. «¿Sabes lo que es una gorrina?», le preguntó, ávido de una respuesta. Sierva María no se la concedió. Se dejó acostar en la cama, se dejó acomodar la cabeza en las almohadas de plumas, se dejó cubrir hasta las rodillas con la sábana de hilo olorosa al cedro del arcón sin hacerle la caridad de una mirada. Él sintió un temblor de conciencia:

«¿Rezas antes de dormir?»

La niña no lo miró siquiera. Se acomodó en posición fetal por el hábito de la hamaca y se durmió sin despedirse. El marqués cerró el mosquitero con el mayor cuidado para que los murciélagos no la sangraran dormida. Iban a ser las diez y el coro de las locas era insoportable en la casa redimida por la expulsión de los esclavos.

El marqués soltó los mastines que salieron en

estampida hacia el dormitorio de la abuela, olfateando las hendijas de las puertas con latidos acezantes. El marqués les rascó la cabeza con la yema de los dedos, y los calmó con la buena noticia:

«Es Sierva, que desde esta noche vive con nosotros.»

Durmió poco y mal por las locas que cantaron hasta las dos. Lo primero que hizo al levantarse con los primeros gallos fue ir al cuarto de la niña, y no estaba allí sino en el galpón de las esclavas. La que dormía más cerca despertó asustada.

«Vino sola, señor», dijo, antes de que él le preguntara nada. «Ni siquiera me di cuenta.»

El marqués sabía que era cierto. Indagó cuál de ellas acompañaba a Sierva María cuando la mordió el perro. La única mulata, que se llamaba Caridad del Cobre, se identificó tiritando de miedo. El marqués la tranquilizó.

«Encárgate de ella como si fueras Dominga de Adviento», le dijo.

Le explicó sus deberes. Le advirtió que no la perdiera de vista ni un momento y la tratara con afecto y comprensión, pero sin complacencias. Lo más importante era que no traspasara la cerca de espinos que haría construir entre el patio de los esclavos y el resto de la casa. En la mañana al despertar y en la noche antes de dormir debía darle un informe completo sin que él se lo preguntara.

«Fíjate bien lo que haces y cómo lo haces», concluyó. «Has de ser la única responsable de que estas mis órdenes se cumplan.»

A las siete de la mañana, después de enjaular los perros, el marqués fue a casa de Abrenuncio. El médico le abrió en persona, pues no tenía esclavos ni sirvientes. El marqués se hizo a sí mismo el reproche que creía merecer.

«Éstas no son horas de visita», dijo.

El médico le abrió el corazón, agradecido por el caballo que acababa de recibir. Lo llevó por el patio hasta el cobertizo de una antigua herrería de la que no quedaban sino los escombros de la fragua. El hermoso alazán de dos años, lejos de sus querencias, parecía azogado. Abrenuncio lo aplacó con palmaditas en las mejillas, mientras le murmuraba al oído vanas promesas en latín.

El marqués le contó que al caballo muerto lo habían enterrado en la antigua huerta del hospital del Amor de Dios, consagrada como cementerio de ricos durante la peste del cólera. Abrenuncio se lo agradeció como un favor excesivo. Mientras hablaban, le llamó la atención que el marqués se mantuviera a distancia. Él le confesó que nunca se había atrevido a montar.

«Temo tanto a los caballos como a las gallinas», dijo.

«Es una lástima, porque la incomunicación con los caballos ha retrasado a la humanidad», dijo Abrenuncio. «Si alguna vez la rompiéramos podríamos fabricar el centauro.»

El interior de la casa, iluminado por dos ventanas abiertas a la mar grande, estaba arreglado con el preciosismo vicioso de un soltero empedernido. Todo el ámbito estaba ocupado por una fragancia de bálsamos que inducía a creer en la eficacia de la medicina. Había un escritorio en orden y una vidriera llena de pomos de porcelana con rótulos en latín. Relegada en un rincón estaba el arpa medicinal cubierta en un polvo dorado. Lo más notorio eran los libros, muchos en latín, con lomos historiados. Los había en vitrinas y en estantes abiertos, o puestos en el suelo con gran cuidado, y el médico caminaba por los desfiladeros de papel con la facilidad de un rinoceronte entre las rosas. El marqués estaba abrumado por la cantidad.

«Todo lo que se sabe debe de estar en este cuarto», dijo.

«Los libros no sirven para nada», dijo Abrenuncio de buen humor. «La vida se me ha ido curando las enfermedades que causan los otros médicos con sus medicinas.»

Quitó un gato dormido de la poltrona principal, que era la suya, para que se sentara el marqués. Le sirvió un cocimiento de hierbas que él mismo preparó en el hornillo del atanor, mientras le hablaba de sus experiencias médicas, hasta que se dio cuenta de que el marqués había perdido el interés. Así era: se había levantado de pronto y le daba la espalda, mirando por la ventana el mar huraño. Por fin, siempre de espaldas, encontró el valor para empezar.

«Licenciado», murmuró.

Abrenuncio no esperaba el llamado.

«¿Ajá?»

«Bajo la gravedad del sigilo médico, y sólo para su gobierno, le confieso que es verdad lo que dicen», dijo el marqués en un tono solemne. «El perro rabioso mordió también a mi hija.»

Miró al médico y se encontró con un alma en paz.

«Ya lo sé», dijo el doctor. «Y supongo que por eso ha venido a una hora tan temprana.»

«Así es», dijo el marqués. Y repitió la pregunta que ya había hecho sobre el mordido del hospital: «¿Qué podemos hacer?».

En vez de su respuesta brutal del día anterior, Abrenuncio pidió ver a Sierva María. Era eso lo que el marqués quería pedirle. Así que estaban de acuerdo, y el coche los esperaba en la puerta.

Cuando llegaron a la casa, el marqués encontró a Bernarda sentada al tocador, peinándose para nadie con la coquetería de los años lejanos en que hicieron el amor por última vez, y que él había borrado de su memoria. El cuarto estaba saturado de la fragancia primaveral de sus jabones. Ella vio al marido en el espejo, y le dijo sin acidez: «¿Quiénes somos para andar regalando caballos?». El marqués la eludió. Cogió de la cama revuelta la túnica de diario, se la tiró encima a Bernarda, y le ordenó sin compasión:

«Vístase, que aquí está el médico.»

«Dios me libre», dijo ella.

«No es para usted, aunque buena falta le hace», dijo él. «Es para la niña.»

«No le servirá de nada», dijo ella. «O se muere o no se muere: no hay de otra.» Pero la curiosidad pudo más: «¿Quién es?».

«Abrenuncio», dijo el marqués.

Bernarda se escandalizó. Prefería morirse como estaba, sola y desnuda, antes que poner su honra en manos de un judío agazapado. Había sido médico en casa de sus padres, y lo habían repudiado porque propalaba el estado de los pacientes para magnificar sus diagnósticos. El marqués la enfrentó.

«Aunque usted no lo quiera, y aunque yo lo quiera menos, usted es su madre», dijo. «Es por ese derecho sagrado que le pido dar fe del examen.»

«Por mí hagan lo que les dé la gana», dijo Bernarda. «Yo estoy muerta.»

Al contrario de lo que podía esperarse, la niña se sometió sin remilgos a una exploración minuciosa de su cuerpo, con la curiosidad con que hubiera observado un juguete de cuerda. «Los médicos vemos con las manos», le dijo Abrenuncio. La niña, divertida, le sonrió por primera vez.

Las evidencias de su buena salud estaban a la vista, pues a pesar de su aire desvalido tenía un cuerpo armonioso, cubierto de un vello dorado, casi invisible, y con los primeros retoños de una floración feliz. Tenía los dientes perfectos, los ojos clarividentes, los pies reposados, las manos sabias, y cada hebra de su cabello era el preludio de una larga vida. Contestó de buen ánimo y con mucho dominio el interrogatorio insidioso, y había que conocerla demasiado para descubrir que ninguna respuesta era verdad. Sólo se puso tensa cuando el médico encontró la cicatriz ínfima en el tobillo. La astucia de Abrenuncio le salió adelante:

«¿Te caíste?»

La niña afirmó sin pestañear:

«Del columpio.»

El médico empezó a conversar consigo mismo en latín. El marqués le salió al paso:

«Dígamelo en ladino.»

«No es con usted», dijo Abrenuncio. «Pienso en bajo latín.»

Sierva María estaba encantada con las artimañas de Abrenuncio, hasta que éste le puso la oreja en el pecho para auscultarla. El corazón le daba tumbos azorados, y la piel soltó un rocío lívido y glacial con un recóndito olor de cebollas. Al terminar, el médico le dio una palmadita cariñosa en la mejilla.

«Eres muy valiente», le dijo.

Ya a solas con el marqués, le comentó que la niña sabía que el perro tenía mal de rabia. El marqués no entendió.

«Le ha dicho muchos embustes», dijo, «pero ése no.»

«No fue ella, señor», dijo el médico. «Me lo dijo su corazón: era como una ranita enjaulada.»

El marqués se demoró en el recuento de otras mentiras sorprendentes de la hija, no con disgusto sino con un cierto orgullo de padre. «Quizás vaya a ser poeta», dijo. Abrenuncio no admitió que la mentira fuera una condición de las artes.

«Cuanto más transparente es la escritura más se ve la poesía», dijo.

Lo único que no pudo interpretar fue el olor de cebollas en el sudor de la niña. Como no sabía de ninguna relación entre cualquier olor y el mal de rabia, lo descartó como síntoma de nada. Caridad del Cobre le reveló más tarde al marqués que Sierva María se había entregado en secreto a las ciencias de los esclavos, que la hacían masticar emplasto de manajú y la encerraban desnuda en la bodega de cebollas para desvirtuar el maleficio del perro.

Abrenuncio no dulcificó el mínimo detalle de la rabia. «Los primeros insultos son más graves y rápidos cuanto más profundo sea el mordisco y cuanto más cercano al cerebro», dijo. Recordó el caso de un paciente suyo que murió al cabo de cinco años, pero quedó la duda de si no habría sufrido un contagio posterior que pasó inadvertido. La cicatrización rápida no quería decir nada: al cabo de un tiempo imprevisible la cicatriz podía hincharse, abrirse de nuevo y supurar. La agonía llegaba a ser tan espantosa que era mejor la muerte. Lo único lícito que podía hacerse entonces era apelar al hospital del Amor de Dios, donde tenían senegaleses diestros en el manejo de herejes y energúmenos enfurecidos. De no ser así, el marqués en persona tendría que asumir la condena de mantener a la niña encadenada en la cama hasta morir.

«En la ya larga historia de la humanidad», concluyó, «ningún hidrofóbico ha vivido para contarlo.»

El marqués decidió que no habría una cruz por pesada que fuera que no estuviera resuelto a cargar. De modo que la niña moriría en su casa. El médico lo premió con una mirada que más parecía de lástima que de respeto.

«No podía esperarse menos grandeza de su parte, señor», le dijo. «Y no dudo de que su alma tendrá el temple para soportarlo.»

Insistió una vez más en que el pronóstico no era alarmante. La herida estaba lejos del área de mayor riesgo y nadie recordaba que hubiera sangrado. Lo más probable era que Sierva María no contrajera la rabia.

«¿Y mientras tanto?», preguntó el marqués.

«Mientras tanto», dijo Abrenuncio, «tóquenle música, llenen la casa de flores, hagan cantar los pájaros, llévenla a ver los atardeceres en el mar, denle todo lo que pueda hacerla feliz.» Se despidió con un voleo del sombrero en el aire y la sentencia latina de rigor. Pero esta vez la tradujo en honor del marqués: «No hay medicina que cure lo que no cura la felicidad».

Dos

Nunca se supo cómo había llegado el marqués a semejante estado de desidia, ni por qué mantuvo un matrimonio tan mal avenido cuando tenía la vida resuelta para una viudez apacible. Habría podido ser lo que hubiera querido, por el poder desmesurado del primer marqués, su padre, Caballero de la Orden de Santiago, negrero de horca y cuchillo y maestre de campo sin corazón, a quien el rey su señor no escatimó honores y prebendas ni castigó injusticias.

Ygnacio, el heredero único, no daba señales de nada. Creció con signos ciertos de retraso mental, fue analfabeto hasta la edad de merecer, y no quería a nadie. El primer síntoma de vida que se le conoció a los veinte años fue que estaba de amores y en disposición de casarse con una de las reclusas de la Divina Pastora, cuyos cantos y gritos arrullaron su infancia. Se llamaba Dulce Olivia. Era hija única en una familia de talabarteros de reyes, y había tenido que aprender el arte de hacer sillas de montar para que no se extinguiera con ella una tradición de casi dos siglos. A esa rara intromisión en un oficio de hombres se atribuyó el que hubiera perdido el juicio, y de tan mala manera, que costó trabajo enseñarla a que no se comiera sus propias miserias. Salvo por eso, habría sido un partido más que mejor para un marqués criollo de tan escasas luces.

Dulce Olivia tenía un ingenio vivo y buen carácter, y no era fácil descubrir que estaba loca. Desde la primera vez que la vio, el joven Ygnacio la distinguió en el tumulto de la terraza, y ese mismo día se entendieron por señas. Ella, cocotóloga insigne, le mandaba mensajes en palomitas de papel. Él aprendió a leer y escribir para corresponder con ella, y ése fue el principio de una pasión legítima que nadie quiso entender. Escandalizado, el primer marqués conminó al hijo a que hiciera un desmentido público.

«No sólo es cierto», le replicó Ygnacio, «sino que tengo la licencia de ella para pedir su mano.» Y ante el argumento de la locura, contestó con el suyo:

«Ningún loco está loco si uno se conforma con sus razones.»

El padre lo desterró en sus haciendas con un mandato de dueño y señor que él no se dignó utilizar. Fue una muerte en vida. Ygnacio tenía terror de los animales, menos de las gallinas. Sin embargo, en las haciendas observó de cerca una gallina viva, se la imaginó aumentada al tamaño de una vaca, y se dio cuenta de que era un endriago mucho más pavoroso que cualquier otro de la tierra o del agua. Sudaba frío en la oscuridad y despertaba sin aire en la madrugada por el silencio fantasmal de los potreros. El mastín de presa que velaba sin pestañear frente a su dormitorio lo inquietaba más que los otros peligros. Él lo había dicho: «Vivo espantado de estar vivo». En el destierro adquirió el talante lúgubre, la catadura sigilosa, la índole contemplativa, las maneras lánguidas, el habla despaciosa, y una vocación mística que parecía condenarlo a una celda de clausura.

Al primer año de destierro lo despertó un fragor como de ríos crecidos, y era que los animales de la hacienda estaban abandonando sus dormideros a campo traviesa y en silencio absoluto bajo la luna llena. Derribaban sin ruido cuanto les impidiera el paso en línea recta a través de dehesas y cañaverales, torrenteras y pantanos. Delante iban los hatos de ganado mayor y las caballerías de carga y de paso, y detrás los cerdos, las ovejas, las aves de corral, en una fila siniestra que desapareció en la noche. Hasta las aves de vuelo largo, incluidas las palomas, se fueron caminando. Sólo el mastín de presa amaneció en su sitio de guardia frente al dormitorio del amo. Ése fue el principio de la amistad casi humana que el marqués mantuvo con aquél y con los muchos mastines que le sucedieron en la casa.

Desbordado por el terror en la heredad desierta, Ygnacio el joven renunció a su amor y se sometió a los designios del padre. A éste no le bastó con el sacrificio del amor, y le impuso la cláusula testamentaria de casarse con la heredera de un grande de España. Fue así como desposó en una boda de estruendo a doña Olalla de Mendoza, una mujer muy bella de grandes y varios talentos, a la que mantuvo virgen para no concederle ni la gracia de un hijo. De resto, siguió viviendo como lo que siempre fue desde su nacimiento: un soltero inútil.

Doña Olalla de Mendoza lo puso en el mundo. Iban a la misa mayor, más a mostrarse que a cumplir, ella con basquiñas de muchos vuelos y mantos de resplandor, y la toca de encajes almidonados de las blancas de Castilla, y con un séquito de esclavas vestidas de seda y cubiertas de oro. En vez de las chinelas de andar por casa que usaban en la iglesia hasta las más remilgadas, llevaba botines altos de cordobán con adornos de perlas. Al contrario de otros principales que usaban pelucas anacrónicas y botones de esmeralda, el marqués vestía en cuerpo con ropas de algodón, y birrete blando. Sin embargo, siempre asistió obligado a los actos públicos porque nunca pudo vencer el espanto de la vida social.

Doña Olalla había sido alumna de Scarlatti Doménico en Segovia, y había obtenido con honores la licencia para enseñar música y canto en escuelas y conventos. Llegó de allá con un clavicordio en piezas sueltas, que ella misma armó, y diversos instrumentos de cuerda que tocaba y enseñaba a tocar con gran virtud. Formó un conjunto de novicias que santificó las tardes de la casa con los nuevos aires de Italia, de Francia, de España, y del cual llegó a decirse que estaba inspirado por la lírica del Espíritu Santo.

El marqués parecía negado para la música. Se decía, al modo francés, que tenía manos de artista y oído de artillero. Pero desde el día en que desembalaron los instrumentos se fijó en la tiorba italiana, por la rareza de su doble clavijero, el tamaño de su diapasón, el número de su encordadura y su voz nítida. Doña Olalla se empeñó en que la tocara tan bien como ella. Pasaban las mañanas cancaneando ejercicios bajo los árboles del huerto, ella con paciencia y amor y él con una tozudez de picapedrero, hasta que el madrigal arrepentido se les entregó sin dolor.

La música mejoró tanto la armonía conyugal, que doña Olalla se atrevió a dar el paso que le faltaba. Una noche de tormenta, tal vez fingiendo un miedo que no sentía, se fue a la recámara del marido intacto.

«Soy dueña de la mitad de esta cama», le dijo, «y vengo por ella.»

Él se mantuvo en sus trece. Segura de convencerlo por la razón o por la fuerza, ella siguió en los suyos. La vida no les dio tiempo. Un 9 de noviembre estaban tocando a dúo bajo los naranjos, porque el aire era puro y el cielo alto y sin nubes, cuando un relámpago los cegó, un estampido sísmico los sacó de quicio, y doña Olalla cayó fulminada por la centella.

La ciudad sobrecogida interpretó la tragedia como una deflagración de la cólera divina por una culpa inconfesable. El marqués ordenó funerales de reina, en los cuales se mostró por primera vez con los tafetanes negros y la color macilenta que había de llevar hasta siempre. Al regreso del cementerio lo sorprendió una nevada de palomitas de papel sobre los naranjos del huerto. Atrapó una al azar, la deshizo, y leyó: *Ese rayo era mío.*

Antes de terminar el novenario había hecho donación a la iglesia de los bienes materiales que sustentaron la grandeza del mayorazgo: una hacienda de ganado en Mompox y otra en Ayapel, y dos mil hectáreas en Mahates, a sólo dos leguas de aquí, con varios hatos de caballos de monta y de paso, una hacienda de labranza y el mejor trapiche de la costa caribe. Sin embargo, la leyenda de su fortuna se fundaba en un latifundio inmenso y ocioso, cuyos linderos imaginarios se perdían en la memoria más alla de los pantanos de La Guaripa y los bajos de La Pureza hasta los manglares de Urabá. Lo único que conservó fue la mansión señorial con el patio de la servidumbre reducido al mínimo, y el trapiche de Mahates. A Dominga de Adviento le entregó el gobierno de la casa. Al viejo Neptuno le mantuvo la dignidad de cochero que le concedió el primer marqués, y lo encargó de velar por lo poco que quedaba de la caballeriza doméstica.

Por primera vez solo en la tenebrosa mansión de sus mayores, apenas si podía dormir en la oscuridad, por el miedo congénito de los nobles criollos de ser asesinados por sus esclavos durante el sueño. Despertaba de golpe, sin saber si los ojos febriles que se asomaban por los tragaluces eran de este mundo o del otro. Iba en puntillas a la puerta, la abría de pronto, y sorprendía a un negro que lo aguaitaba por la cerradura. Los sentía deslizarse con pasos de tigre por los corredores, desnudos y embadurnados de grasa de coco para que no pudieran atraparlos. Aturdido por tantos miedos juntos ordenó que las luces permanecieran encendidas hasta el amanecer, expulsó a los esclavos que poco a poco se apoderaban de los espacios vacíos, y llevó a la casa los primeros mastines amaestrados en artes de guerra.

El portón se cerró. Relegaron los muebles franceses cuyos terciopelos apestaban por la humedad, vendieron los gobelinos y las porcelanas y las obras maestras de relojería, y se conformaron con hamacas de lampazo para entretener el calor en las recámaras desmanteladas. El marqués no volvió a misa ni a retiros, ni llevó el palio del Santísimo en las procesiones, ni guardó fiestas ni respetó cuaresmas, aunque siguió puntual en el pago de los tributos a la Iglesia. Se refugió en la hamaca, a veces en el dormitorio por los sopores de agosto, y casi siempre para la siesta bajo los naranjos del huerto. Las locas le tiraban sobras de cocina y le gritaban obscenidades tiernas, pero cuando el gobierno le ofreció el favor de mudar el manicomio, se opuso por gratitud con ellas.

Vencida por los desaires del pretendido, Dulce Olivia se consoló con la añoranza de lo que no fue. Se escapaba de la Divina Pastora por los portillos del huerto cada vez que podía. Amansó e hizo suyos los mastines de presa con cebos de buen amor, y dedicaba sus horas de sueño a cuidar de la casa que nunca tuvo, a barrerla con escobas de albahaca para la buena suerte y a colgar ristras de ajos en los dormitorios para espantar a los mosquitos. Dominga de Adviento, cuya mano derecha no dejaba nada al azar, murió sin descubrir por qué los corredores amanecían más limpios de como anochecían, y las cosas que ordenaba de un modo amanecían de otro. Antes de cumplir un año de viudo, el marqués sorprendió por primera vez a Dulce Olivia fregando los trastos de cocina que le parecían mal tenidos por las esclavas.

«No creí que te atrevieras a tanto», le dijo.

«Porque sigues siendo el pobre diablo de siempre», le contestó ella.

Así se reanudó una amistad prohibida que por lo menos una vez se pareció al amor. Hablaban hasta el amanecer, sin ilusiones ni despecho, como un viejo matrimonio condenado a la rutina. Creían ser felices, y tal vez lo eran, hasta que uno de los dos decía una palabra de más, o daba un paso de menos, y la noche se pudría en un pleito de vándalos que desmoralizaba a los mastines. Todo volvía entonces al principio, y Dulce Olivia desaparecía de la casa por largo tiempo.

A ella le confesó el marqués que su desprecio por las fortunas terrestres y los cambios de su modo de ser no habían sido por devoción sino por el pavor que le causó la pérdida súbita de la fe cuando vio el cuerpo de la esposa carbonizado por el rayo. Dulce Olivia se ofreció para consolarlo. Le prometió ser su esclava sumisa tanto en la cocina como en la cama. Él no se rindió.

«Nunca más me casaré», le juró.

Antes de un año, sin embargo, se había casado a escondidas con Bernarda Cabrera, la hija de un antiguo capataz de su padre venido a más en el comercio de ultramarinos. Se habían conocido cuando éste la encargó de llevar a la casa los arenques en salmuera y las aceitunas negras que eran la debilidad de doña Olalla, y cuando ella murió siguió llevándoselas al marqués. Una tarde en que Bernarda lo encontró en la hamaca del huerto le leyó el destino escrito a flor de piel en su mano izquierda. El marqués se impresionó tanto con sus aciertos que siguió llamándola a la hora de la siesta aunque no tuviera nada que comprar, pero pasaron dos meses sin que él tomara la iniciativa de nada. Así que ella lo hizo por él. Lo acaballó en la hamaca por asalto y lo amordazó con las faldas de la chilaba que él llevaba puesta, hasta dejarlo exhausto. Entonces lo revivió con un ardor y una sabiduría que él no habría imaginado en los placeres desmirriados de sus amores solitarios, y lo despojó sin gloria de su virginidad. Él había cumplido cincuenta y dos años y ella veintitrés, pero la diferencia de edades era la menos perniciosa.

Siguieron haciendo el amor en la siesta, deprisa y sin corazón, a la sombra evangélica de los naranjos. Las locas los alentaban con canciones procaces desde las terrazas, y celebraban sus triunfos con aplausos de estadio. Antes de que el marqués tomara conciencia de los riesgos que lo acechaban, Bernarda lo sacó del estupor con la novedad de que estaba encinta de dos meses. Le recordó que no era negra, sino hija de indio ladino y blanca de Castilla, de modo que la única aguja para zurcir la honra era el matrimonio formal. Él le dio largas hasta que el padre de ella llamó al portón a la hora de la siesta con un arcabuz arcaico en bandolera. Era de verba lenta y ademanes suaves, y le entregó el arma al marqués sin mirarlo a la cara.

«¿Sabe qué es eso, señor marqués?», le preguntó.

El marqués no sabía qué hacer con el arma en las manos.

«Hasta donde alcanza mi ciencia, creo que es

un arcabuz», dijo. Y preguntó, de veras intrigado: «¿Para qué lo usa?».

«Para defenderme de los piratas, señor», dijo el indio, todavía sin mirarlo a la cara. «Ahora lo traigo por si su merced me quiere hacer la gracia de matarme antes que yo lo mate.»

Lo miró a la cara. Tenía unos ojitos tristes y mudos, pero el marqués entendió lo que no le decían. Le devolvió el arcabuz y lo invitó a seguir adelante para celebrar el acuerdo. El párroco de una iglesia vecina ofició la boda dos días después, con los padres de ella y los padrinos de ambos. Cuando terminaron, Sagunta apareció de donde nadie supo y coronó a los recién casados con las guirnaldas de la felicidad.

Una mañana de lluvias tardías, bajo el signo de Sagitario, nació sietemesina y mal Sierva María de Todos los Ángeles. Parecía un renacuajo descolorido, y el cordón umbilical enrollado en el cuello estaba a punto de estrangularla.

«Es hembra», dijo la comadrona. «Pero no vivirá.»

Fue entonces cuando Dominga de Adviento le prometió a sus santos que si le concedían la gracia de vivir, la niña no se cortaría el cabello hasta su noche de bodas. No bien lo había prometido cuando la niña rompió a llorar. Dominga de Adviento, jubilosa, cantó: «¡Será santa!». El marqués, que la conoció ya lavada y vestida, fue menos clarividente.

«Será puta», dijo. «Si Dios le da vida y salud.»

La niña, hija de noble y plebeya, tuvo una infancia de expósita. La madre la odió desde que le dio de mamar por la única vez, y se negó a tenerla con ella por temor de matarla. Dominga de Adviento la amamantó, la bautizó en Cristo y la consagró a Olokun, una deidad yoruba de sexo incierto, cuyo rostro se presume tan temible que sólo se deja ver en sueños, y siempre con una máscara. Traspuesta en el patio de los esclavos, Sierva María aprendió a bailar desde antes de hablar, aprendió tres lenguas africanas al mismo tiempo, a beber sangre de gallo en ayunas y a deslizarse por entre los cristianos sin ser vista ni sentida, como un ser inmaterial. Dominga de Adviento la circundó de una corte jubilosa de esclavas negras, criadas mestizas, mandaderas indias, que la bañaban con aguas propicias, la purificaban con la verbena de Yemayá y le cuidaban como un rosal la rauda cabellera que a los cinco años le daba a la cintura. Poco a poco, las esclavas le habían ido colgando los collares de distintos dioses, hasta el número de dieciséis.

Bernarda había agarrado ya con mano firme el poder de la casa, mientras el marqués vegetaba en el huerto. Su primer empeño fue restablecer la fortuna repartida por el marido, escudada en los poderes del primer marqués. Éste, en su tiempo, había obtenido licencias para vender cinco mil esclavos en ocho años, con el compromiso de importar al mismo tiempo dos barriles de harina por cada uno. Con sus trápalas maestras y la venalidad de los aduaneros vendió la harina pactada, pero también vendió de contrabando tres mil esclavos más, lo cual lo convirtió en el tratante individual más afortunado de su siglo.

Fue a Bernarda a quien se le ocurrió que el buen negocio no eran los esclavos sino la harina, aunque el negocio grande, en realidad, era su increíble poder de persuasión. Con una sola licencia para importar mil esclavos en cuatro años, y tres barriles de harina por cada uno, hizo el agosto de su vida: vendió los mil negros convenidos, pero en vez de tres mil barriles de harina importó doce mil. El más grande contrabando del siglo.

La mitad del tiempo la pasaba entonces en el trapiche de Mahates, donde estableció el núcleo de sus asuntos por la cercanía del río Grande de la Magdalena para el tráfico de todo con el interior del virreinato. A la casa del marqués llegaban noticias sueltas de su prosperidad, de la cual no rendía cuentas a nadie. En el tiempo que pasaba aquí, aun antes de las crisis, parecía otro mastín enjaulado. Dominga de Adviento lo dijo mejor: «El culo no le cabía en el cuerpo».

Sierva María ocupó por primera vez un lugar estable en la casa cuando murió su esclava, y arreglaron para ella el dormitorio espléndido donde vivió la primera marquesa. Le nombraron un preceptor que le impartió lecciones de español peninsular y nociones de aritmética y ciencias naturales. Trató de enseñarle a leer y escribir. Ella se negó, según dijo, porque no entendía las letras. Una maestra laica la inició en la apreciación de la música. La niña demostró interés y buen gusto, pero no tuvo paciencia para aprender ningún instrumento. La maestra renunció sobrecogida y dijo al despedirse del marqués:

«No es que la niña sea negada para todo, es que no es de este mundo.»

Bernarda había querido apaciguar los propios rencores, pero muy pronto fue evidente que la culpa no era de la una ni de la otra, sino de la naturaleza de ambas. Vivía con el alma en un hilo desde que creyó descubrir en la hija una cierta condición fantasmal. Temblaba sólo de pensar en el instante en que miraba hacia atrás y se encontraba con los ojos inescrutables de la criatura lánguida de los tules vaporosos y la cabellera silvestre que ya le daba a las corvas. «¡Niña!», le gritaba, «¡te prohíbo que me mires así!» Cuando más concentrada estaba en sus negocios sentía en la nuca el aliento sibilante de serpiente en acecho, y daba un salto de pavor.

«¡Niña!», le gritaba. «¡Haz ruido antes de entrar!»

Ella le aumentaba el susto con una retahíla en lengua yoruba. De noche era peor, porque Bernarda despertaba de golpe con la sensación de que alguien la había tocado, y era que la niña estaba a los pies de la cama mirándola dormir. Fue inútil el intento de la esquila en el puño, porque el sigilo de Sierva María le impedía que sonara. «Lo único que esa criatura tiene de blanca es el color», decía la madre. Tan cierto era, que la niña alternaba su nombre con otro nombre africano que se había inventado: María Mandinga.

La relación hizo crisis una madrugada en que Bernarda despertó muerta de sed por los excesos del cacao, y encontró una muñeca de Sierva María flotando en el fondo de la tinaja. No le pareció en realidad una simple muñeca flotando en el agua, sino algo pavoroso: una muñeca muerta.

Convencida de que era un maleficio africano de Sierva María contra ella, resolvió que las dos no cabían en la casa. El marqués intentó una mediación tímida, y ella lo frenó en seco: «O ella o yo». De modo que Sierva María volvió al galpón de las esclavas, aun cuando su madre estaba en el trapiche. Seguía siendo tan hermética como cuando nació, y analfabeta absoluta.

Pero Bernarda no estaba mejor. Había tratado de retener a Judas Iscariote igualándose a él, y en menos de dos años perdió el rumbo de los negocios, y el de la vida misma. Lo disfrazaba de pirata nubio, de as de copas, de rey Melchor, y se lo llevaba a los arrabales, sobre todo cuando fondeaban los galeones y la ciudad se prendía en una parranda de medio año. Se improvisaban tabernas y burdeles en los extramuros para los comerciantes que venían de Lima, de Portobelo, de La Habana, de Veracruz, a la rebatiña de los géneros y mercancías de todo el mundo descubierto. Una noche, muerto de la borrachera en una cantina de galeotes, Judas se le acercó a Bernarda con gran misterio.

«Abre la boca y cierra los ojos», le dijo.

Ella lo hizo, y él le puso en la lengua una tableta del chocolate mágico de Oaxaca. Bernarda lo reconoció y lo escupió, pues desde niña tenía una aversión especial contra el cacao. Judas la convenció de que era una materia sagrada que alegraba la vida, aumentaba la fuerza física, levantaba el ánimo y fortalecía el sexo.

Bernarda soltó una risa explosiva.

«Si eso fuera así», dijo, «las monjitas de Santa Clara serían toros de lidia.»

Estaba ya cogida por la miel fermentada, que consumía con sus amigas de escuela desde antes de casarse, y siguió consumiéndola no sólo por la boca sino por los cinco sentidos en el aire caliente del trapiche. Con Judas aprendió a masticar tabaco y hojas de coca revueltas con cenizas de yarumo, como los indios de la Sierra Nevada. Probó en las tabernas el canabis de la India, la trementina de Chipre, el peyote del Real de Catorce, y por lo menos una vez el opio de la Nao de China por los traficantes filipinos. Sin embargo, no fue sorda a la proclama de Judas en favor del cacao. De regreso de todo lo demás, reconoció sus virtudes, y lo prefirió a todo. Judas se volvió ladrón, proxeneta, sodomita ocasional, y todo por vicio, pues nada le faltaba. Una mala noche, delante de Bernarda, se enfrentó a manos limpias con tres galeotes de la flota por un pleito de barajas, y lo mataron a silletazos.

Bernarda se refugió en el trapiche. La casa quedó al garete, y si no naufragó desde entonces fue por la mano maestra de Dominga de Adviento, que terminó de formar a Sierva María como quisieron sus dioses. El marqués se había enterado apenas del derrumbe de la esposa. Del trapiche llegaban voces de que vivía en estado de delirio, que hablaba sola, que escogía los esclavos mejor servidos para compartirlos en sus noches romanas con sus antiguas compañeras de escuela. La fortuna venida por agua, por agua se le iba, y estaba a merced de los pellejos de miel y los costales de cacao que mantenía escondidos por aquí y por allá para no perder tiempo cuando la acosaban las ansias. Lo único seguro que le quedaba entonces eran dos múcuras repletas de doblones de a cien y de a cuatro, en oro puro, que en tiempos de vacas gordas había enterrado debajo de la cama. Era tanto su deterioro, que ni el marido la reconoció cuando volvió de Mahates por última vez, al cabo de tres años continuos, poco antes de que el perro mordiera a Sierva María.

A mediados de marzo, los riesgos del mal de rabia parecían conjurados. El marqués, agradecido con su suerte, se propuso enmendar el pasado y conquistar el corazón de la hija con la receta de felicidad aconsejada por Abrenuncio. Le consagró todo su tiempo. Trató de aprender a peinarla y a tejerle la trenza. Trató de enseñarla a ser blanca de ley, de restaurar para ella sus sueños fallidos de noble criollo, de quitarle el gusto del escabeche de iguana y el guiso de armadillo. Lo intentó casi todo, menos preguntarse si aquél era el modo de hacerla feliz.

Abrenuncio siguió visitando la casa. No le era fácil entenderse con el marqués, pero le interesaba su inconsciencia en un suburbio del mundo intimidado por el Santo Oficio. Así se les iban los meses del calor, él hablando sin ser oído bajo los naranjos floridos, y el marqués pudriéndose en la hamaca a mil trescientas leguas marinas de un rey que nunca lo oyó nombrar. En una de esas visitas fueron interrumpidos por el lamento lúgubre de Bernarda.

Abrenuncio se alarmó. El marqués se hizo el

sordo, pero el quejido siguiente fue tan desgarrador que no pudo ignorarlo.

«Quienquiera que sea está necesitando un responso», dijo Abrenuncio.

«Es mi esposa en segundas nupcias», dijo el marqués.

«Pues tiene el hígado deshecho», dijo Abrenuncio.

«¿Cómo lo sabe?»

«Porque se queja con la boca abierta», dijo el médico.

Empujó la puerta sin permiso y trató de ver a Bernarda en la penumbra del cuarto, y no estaba en la cama. La llamó por su nombre, y ella no le contestó. Entonces abrió la ventana y la luz metálica de las cuatro se la mostró en carne viva, desnuda y abierta en cruz en el suelo, y envuelta en el fulgor de sus flatos letales. Su piel tenía el color mortecino de la atrabilis rebosada. Levantó la cabeza, encandilada por el resplandor de la ventana abierta de golpe, y no reconoció al médico a contraluz. A él le bastó una mirada para ver su destino.

«Te está cantando la lechuza, hija mía», le dijo.

Le explicó que aún era tiempo de salvarla, siempre que se sometiera a una cura urgente de purificación de la sangre. Bernarda lo reconoció, se incorporó como pudo, y se soltó en improperios. Abrenuncio los soportó impasible mientras volvía a cerrar la ventana. Ya de salida se detuvo ante la hamaca del marqués y precisó el pronóstico:

«La señora marquesa morirá a más tardar el 15 de septiembre, si es que antes no se cuelga de una viga.»

El marqués, inalterable, dijo:

«Lo único malo es que el 15 de septiembre esté tan lejos.»

Seguía adelante con el tratamiento de felicidad para Sierva María. Desde el cerro de San Lázaro veían por el oriente las ciénagas fatales, y por el occidente el enorme sol colorado que se hundía en el océano en llamas. Ella le preguntó qué había del otro lado del mar, y él le contestó: «El mundo». Para cada gesto suyo encontró en la niña una resonancia inesperada. Una tarde vieron aparecer en el horizonte, con las velas a reventar, la Flota de Galeones.

La ciudad se transformó. Padre e hija se solazaron con los títeres, con los tragadores de fuego, con las incontables novedades de feria que llegaron al puerto en aquel abril de buenos presagios. Sierva María aprendió más cosas de blancos en dos meses que nunca antes. Tratando de hacerla otra, también el marqués se volvió distinto, y lo fue de un modo tan radical que no pareció una mudanza del carácter sino un cambio de naturaleza.

La casa se llenó de cuantas bailarinas de cuerda, cajas de música y relojes mecánicos se habían visto en las ferias de Europa. El marqués desempolvó la tiorba italiana. La encordó, la afinó con una perseverancia que sólo podía entenderse por el amor, y volvió a acompañarse las canciones de antaño cantadas con la buena voz y el mal oído que ni los años ni los turbios recuerdos habían cambiado. Ella le preguntó por esos días si era verdad, como decían las canciones, que el amor lo podía todo.

«Es verdad», le contestó él, «pero harás bien en no creerlo.»

Feliz con las buenas nuevas, el marqués empezó a pensar en un viaje a Sevilla para que Sierva María se restableciera de sus pesares callados y terminara su educación del mundo. Las fechas y el rumbo estaban ya acordados, cuando Caridad del Cobre lo despertó de la siesta con la noticia brutal:

«Mi pobre niña, señor, ya se está volviendo perro.»

Llamado de urgencia, Abrenuncio desmintió la superstición popular de que los arrabiados terminaban por ser iguales al animal que los mordió. Comprobó que la niña tenía un poco de fiebre, y aunque ésta se consideraba una enfermedad en sí misma y no un síntoma de otros males, no la pasó por alto. Le advirtió al atribulado señor que la niña no estaba a salvo de cualquier mal, pues el mordisco de un perro, con rabia o sin ella, no preservaba contra nada. Como siempre, el único recurso era esperar. El marqués le preguntó:

«¿Es lo último que puede decirme?»

«La ciencia no me ha dado los medios para decirle nada más», le replicó el médico con la misma acidez. «Pero si no cree en mí le queda todavía un recurso: confíe en Dios.»

El marqués no entendió.

«Hubiera jurado que usted era incrédulo», dijo.

El médico no se volvió siquiera a mirarlo:

«Qué más quisiera yo, señor.»

El marqués no se confió a Dios, sino a todo el que le diera alguna esperanza. En la ciudad había otros tres médicos graduados, seis boticarios, once barberos sangradores y un número incontable de curanderos y dómines en mesteres de hechicería, a pesar de que la Inquisición había condenado a mil trescientos a distintas penas en los últimos cincuenta años, y ejecutado a siete en la hoguera. Un médico joven de Salamanca le abrió a Sierva María la herida sellada y le puso unas cataplasmas cáusticas para extraer los humores rancios. Otro intentó lo mismo con sanguijuelas en la espalda. Un barbero sangrador le lavó la herida con la orina de ella misma y otro se la hizo beber. Al cabo de dos semanas había soportado dos baños de hierbas y dos lavativas emolientes por día, y la habían llevado al borde de la agonía con pócimas de estibio natural y otros filtros mortales.

La fiebre cedió, pero nadie se atrevió a proclamar que la rabia estuviera conjurada. Sierva María se sentía morir. Al principio había resistido con el orgullo intacto, pero a las dos semanas sin ningún resultado tenía una úlcera de fuego en el tobillo, la piel escaldada por sinapismos y vejigatorios, y el estómago en carne viva. Había pasado por todo: vértigos, convulsiones, espasmos, delirios, solturas de vientre y de vejiga, y se revolcaba por los suelos aullando de dolor y de furia. Hasta los curanderos más audaces la abandonaron a su suerte, convencidos de que estaba loca, o poseída por los demonios. El marqués había perdido toda ilusión cuando apareció Sagunta con la llave de san Huberto.

Fue el final. Sagunta se desnudó de sus sábanas y se embadurnó de unturas de indios para restregar su cuerpo con el de la niña desnuda. Ésta se resistió de pies y manos a pesar de su debilidad extrema, y Sagunta la sometió por la fuerza. Bernarda oyó desde su cuarto los alaridos dementes. Corrió a ver qué pasaba, y encontró a Sierva María pataleando en el piso, y a Sagunta encima de ella, envuelta en la marejada de cobre de la cabellera y aullando la oración de san Huberto. Las azotó a ambas con los hicos de la hamaca. Primero en el suelo, encogidas por la sorpresa, y luego correteándolas por los rincones hasta que le faltó el aliento.

El obispo de la diócesis, don Toribio de Cáceres y Virtudes, alarmado con el escándalo público de los trastornos y desvaríos de Sierva María, le mandó al marqués un recado sin precisiones de causa, de fecha o de hora, lo cual fue interpretado como un indicio de suma urgencia. El marqués se sobrepuso a la incertidumbre y acudió el mismo día sin anunciarse.

El obispo había asumido su ministerio cuando ya el marqués se hallaba retirado de la vida pública, y apenas si se habían visto. Además, era un hombre condenado por su mala salud, con un cuerpo estentóreo que le impedía valerse de sí mismo, y corroído por un asma maligna que ponía a prueba sus creencias. No había estado en numerosas efemérides públicas en que su falta era inconcebible, y en las pocas a que concurría guardaba una distancia que lo iba convirtiendo poco a poco en un ser irreal.

El marqués lo había visto algunas veces, siempre de lejos y en público, pero el recuerdo que conservaba de él le quedó de una misa concelebrada a la que asistió bajo palio y llevado en andas por dignatarios del gobierno. Por el cuerpo enorme y el aparato de sus ornamentos parecía a simple vista un anciano colosal, pero el rostro lampiño de rasgos puntuales, con unos raros ojos verdes, conservaba intacta una belleza sin edad. A la altura de las andas tenía un nimbo mágico de Sumo Pontífice, y quienes lo conocían de cerca lo sentían también en el brillo de su sabiduría y su conciencia del poder.

El palacio donde vivía era el más antiguo de la ciudad, con dos pisos de espacios enormes y en ruinas, de los cuales el obispo no ocupaba ni la mitad de uno. Estaba junto a la catedral, y tenía con ésta un claustro común de arcos renegridos, y un patio con un aljibe en ruinas entre matorrales desérticos. Hasta la fachada imponente de piedra labrada y sus portones de maderas enterizas revelaban los estragos del abandono.

El marqués fue recibido en la puerta mayor por un diácono indio. Repartió limosnas menudas entre los grupos de mendigos que se arrastraban en el zaguán, y entró en la penumbra fresca de la casa en el momento en que sonaron en la catedral y resonaban en su vientre las campanadas enormes de las cuatro de la tarde. El corredor central estaba tan oscuro que seguía al diácono sin verlo, pensando cada paso para no tropezar con estatuas mal puestas y escombros atravesados. Al final del corredor había una pequeña antesala mejor iluminada por un tragaluz. El diácono se detuvo allí, le indicó al marqués que se sentara a esperar, y siguió por la puerta contigua. El marqués permaneció de pie, escudriñando en la pared principal un gran retrato al óleo de un joven militar con el uniforme de gala de los alféreces del rey. Sólo cuando leyó la placa de bronce en el marco, se dio cuenta de que era el retrato del obispo joven.

El diácono abrió la puerta para invitarlo a pasar, y el marqués no tuvo que moverse para ver otra vez al obispo cuarenta años más viejo que en el retrato. Era mucho más grande e imponente de cuanto se decía, aun agobiado por el asma y vencido por el calor. Sudaba a chorros y se mecía muy despacio en un mecedor filipino, abanicándose apenas con un abanico de palma, y con el cuerpo inclinado hacia adelante para respirar mejor. Llevaba unas abarcas de labriego y una camisola de lienzo basto con pedazos luidos por los abusos del jabón. La sinceridad de su pobreza se notaba a primera vista. Sin embargo, lo más notable era la pureza de sus ojos, sólo comprensible por algún privilegio del alma. Dejó de mecerse tan pronto como vio al marqués en la puerta, y le hizo una señal afectuosa con el abanico.

«Adelante, Ygnacio», le dijo. «Ésta es tu casa.»

El marqués se secó en los pantalones el sudor de las manos, franqueó la puerta y se encontró en una terraza al aire libre, bajo un palio de campánulas amarillas y helechos colgados, desde donde se veían las torres de todas las iglesias, los tejados rojos de las casas principales, los palomares adormilados por el calor, las fortificaciones militares perfiladas contra el cielo de vidrio, y el mar ardiente. El obispo tendió con toda intención su mano de soldado, y el marqués le besó el anillo.

A causa del asma su respiración era grande y pedregosa, y sus frases estaban perturbadas por suspiros inoportunos y por una tos áspera y breve, pero nada afectaba su elocuencia. Estableció de inmediato un intercambio fácil de minucias cotidianas. Sentado frente a él, el marqués agradeció aquel preámbulo de consolación, tan rico y dilatado, que fueron sorprendidos por las campanadas de las cinco. Más que un sonido fue una trepidación que hizo vibrar la luz de la tarde y el cielo se llenó de palomas asustadas.

«Es horrible», dijo el obispo. «Cada hora me resuena en las entrañas como un temblor de tierra.»

La frase sorprendió al marqués, pues era lo mismo que él había pensado cuando dieron las cuatro. Al obispo le pareció una coincidencia natural. «Las ideas no son de nadie», dijo. Dibujó en el aire con el índice una serie de círculos continuos, y concluyó:

«Andan volando por ahí, como los ángeles.»

Una monja de servicio llevó una garrafa con frutas picadas en un vinazo de dos orejas, y un platón de aguas humeantes que impregnaron el aire de un olor medicinal. El obispo aspiró el vapor con los ojos cerrados, y cuando emergió del éxtasis era otro: dueño absoluto de su autoridad.

«Te hemos hecho venir», dijo al marqués, «porque sabemos que estás necesitando de Dios y te haces el distraído.»

La voz había perdido sus tonalidades de órgano y los ojos recobraron el fulgor terrenal. El marqués se tomó de un sorbo la mitad del vaso de vino para ponerse a tono.

«Su Señoría Ilustrísima debe saber que arrastro la más grande desgracia que puede sufrir un ser humano», dijo, con una humildad desarmante. «He dejado de creer.»

«Ya lo sabemos, hijo», replicó el obispo sin sorpresa. «¡Cómo no íbamos a saberlo!»

Lo dijo con una cierta alegría, pues también él, siendo alférez del rey en Marruecos, había perdido la fe a los veinte años en medio del fragor de un combate. «Fue la certidumbre fulminante de que Dios había dejado de ser», dijo. Aterrado, se entregó a una vida de oración y penitencia.

«Hasta que Dios se apiadó de mí y me indicó el camino de la vocación», concluyó. «Así que lo esencial no es que tú no creas, sino que Dios siga creyendo en ti. Y de eso no hay duda, pues es Él en su diligencia infinita el que nos ha iluminado para brindarte este alivio.»

«Había querido sobrellevar mi desgracia en silencio», dijo el marqués.

«Pues muy mal lo has logrado», dijo el obispo. «Es un secreto a gritos que tu pobre niña rueda por los suelos presa de convulsiones obscenas y ladrando en jerga de idólatras. ¿No son síntomas inequívocos de una posesión demoníaca?»

El marqués estaba espantado.

«¿Qué quiere decir?»

«Que entre las numerosas argucias del demonio es muy frecuente adoptar la apariencia de una enfermedad inmunda para introducirse en un cuerpo inocente», dijo. «Y una vez dentro no hay poder humano capaz de hacerlo salir.»

El marqués explicó las vicisitudes médicas del mordisco del perro, pero el obispo encontró siempre una explicación a su favor. Preguntó lo que sin duda sabía de sobra:

«¿Sabes quién es Abrenuncio?»

«Fue el primer médico que vio a la niña», dijo el marqués.

«Quería oírlo de tu propia voz», dijo el obispo.

Sacudió una campanilla que mantenía a su alcance, y un sacerdote de unos treinta años bien llevados apareció en el acto, como un genio liberado de una botella. El obispo lo presentó como el padre Cayetano Delaura, nada más, y lo hizo sentar. Llevaba una sotana casera para el calor y las abarcas iguales a las del obispo. Era intenso, pálido, de ojos vivaces, y el cabello muy negro con un mechón blanco en la frente. Su aliento breve y sus manos febriles no parecían los de un hombre feliz.

«¿Qué sabemos de Abrenuncio?», le preguntó el obispo.

El padre Delaura no tuvo que pensarlo.

«Abrenuncio de Sa Pereira Cao», dijo, como deletreando el nombre. Y enseguida se dirigió al marqués: «¿Ha reparado, señor marqués, en que el último apellido significa perro en lengua de portugueses?».

En estricta verdad, continuó Delaura, no se sabía si aquél era su verdadero nombre. De acuerdo con los expedientes del Santo Oficio era un judío portugués expulsado de la península y amparado aquí por un gobernador agradecido, al que le cu-

ró una potra de dos libras con las aguas depurati-
vas de Turbaco. Habló de sus recetas mágicas, de
la soberbia con que vaticinaba la muerte, de su
presumible pederastia, de sus lecturas libertinas,
de su vida sin Dios. Sin embargo, el único cargo
concreto que le habían hecho era el de resucitar a
un sastrecillo remendón de Getsemaní. Se consi-
guieron testimonios serios de que estaba ya amor-
tajado y en el ataúd cuando Abrenuncio le ordenó
levantarse. Por fortuna, el mismo resucitado afirmó ante el tribunal del Santo Oficio que en ningún momento había perdido la conciencia. «Lo
salvó de la hoguera», dijo Delaura. Por último,
evocó el incidente del caballo muerto en el cerro
de San Lázaro y sepultado en tierra sagrada.

«Lo amaba como a un ser humano», intercedió
el marqués.

«Fue una afrenta a nuestra fe, señor marqués»,
dijo Delaura. «Caballos de cien años no son cosa
de Dios.»

El marqués se alarmó de que una broma pri-
vada hubiera llegado a los archivos del Santo Oficio. Intentó una tímida defensa: «Abrenuncio es
un deslenguado, pero creo con toda humildad que
de ahí a la herejía hay un buen trecho». La discu-
sión habría sido agria e interminable de no ser
porque el obispo los puso en el rumbo perdido.

«Digan lo que digan los médicos», dijo, «la rabia en los humanos suele ser una de las tantas artimañas del Enemigo.»

El marqués no entendió. El obispo le hizo una
explicación tan dramática que pareció el preludio
de una condena al fuego eterno.

«Por fortuna», concluyó, «aunque el cuerpo de tu niña sea irrecuperable, Dios nos ha dado los medios de salvar su alma.»

La opresión del anochecer ocupó el mundo. El marqués vio el primer lucero en el cielo malva, y pensó en su hija, sola en la casa sórdida, arrastrando el pie maltratado por las chapucerías de los curanderos. Preguntó con su modestia natural:

«¿Qué debo hacer?»

El obispo se lo explicó punto por punto. Lo autorizó para usar su nombre en cada gestión, y sobre todo en el convento de Santa Clara, donde debía internar a la niña a la mayor brevedad.

«Déjala en nuestras manos», concluyó. «Dios hará el resto.»

El marqués se despidió más atribulado que cuando llegó. Desde la ventana de la carroza contempló las calles desoladas, los niños bañándose desnudos en los charcos, la basura esparcida por los gallinazos. A la vuelta de la esquina vio el mar, siempre en su puesto, y lo asaltó la incertidumbre.

Llegó a la casa en tinieblas con el toque del Ángelus, y por primera vez desde la muerte de doña Olalla lo rezó en voz alta: *El ángel del Señor anunció a María*. Las cuerdas de la tiorba resonaban en la oscuridad como en el fondo de un estanque. El marqués siguió a tientas el rumbo de la música hasta el dormitorio de la hija. Allí estaba, sentada en la silla del tocador, con la túnica blanca y la cabellera suelta hasta el piso, tocando un ejercicio primario que había aprendido de él. No podía creer que fuera la misma que había dejado al mediodía postrada por la inclemencia de los curanderos, a menos que hubiera ocurrido un milagro. Fue una ilusión instantánea. Sierva María se percató de su llegada, dejó de tocar, y recayó en la aflicción.

La acompañó toda la noche. La ayudó en la liturgia del dormitorio con una torpeza de papá prestado. Le puso al revés la camisa de dormir y ella tuvo que quitársela para ponérsela al derecho. Fue la primera vez que la vio desnuda, y le dolió ver su costillar a flor de piel, las teticas en botón, el vello tierno. El tobillo inflamado tenía un halo ardiente. Mientras la ayudaba a acostarse, la niña seguía sufriendo a solas con un quejido casi inaudible, y a él lo sobrecogió la certidumbre de que estaba ayudándola a morir.

Sintió el apremio de rezar por primera vez desde que perdió la fe. Fue al oratorio, tratando con todas sus fuerzas de recuperar el dios que lo había abandonado, pero era inútil: la incredulidad resiste más que la fe, porque se sustenta de los sentidos. Oyó toser a la niña varias veces en la fresca de la madrugada, y fue a su dormitorio. Al pasar vio entreabierta la alcoba de Bernarda. Empujó la puerta por el apremio de compartir sus dudas. Estaba dormida bocabajo en el piso y con un ronquido fragoroso. El marqués permaneció asomado con la mano en la aldaba, y no la despertó. Le habló a nadie: «Tu vida por la de ella». Y corrigió enseguida:

«¡Nuestras dos vidas de mierda por la de ella, carajo!»

La niña dormía. El marqués la vio inmóvil y mustia y se preguntó si prefería verla muerta o sometida al castigo de la rabia. Le arregló el mosquitero para que no la sangraran los murciélagos, la arropó para que no siguiera tosiendo, y permaneció en vela junto a la cama, con el gozo nuevo de que la amaba como nunca había amado en este mundo. Entonces tomó la determinación de su vida sin consultarla con Dios ni con nadie. A las cuatro de la mañana, cuando Sierva María abrió los ojos, lo vio sentado junto a su cama.

«Es hora de irnos», dijo el marqués.

La niña se levantó sin más explicaciones. El marqués la ayudó a vestirse para la ocasión. Buscó en el arcón unas chinelas de terciopelo, para que el contrafuerte de los botines no le maltratara el tobillo, y encontró sin buscarlo un vestido de gala que había sido de su madre cuando era niña. Estaba averaguado y percudido por el tiempo, pero era claro que no había sido usado dos veces. El marqués se lo puso a Sierva María casi un siglo después sobre los collares de santería y el escapulario del bautismo. Le venía un poco estrecho, y eso aumentaba de algún modo su antigüedad. Le puso un sombrero que encontró también en el arcón, y cuyas cintas de colores no tenían nada que ver con el vestido. Le quedó exacto. Por último le hizo una maletita de mano con una saya de dormir, un peine de dientes apretados para sacar hasta las liendres del carángano, y un pequeño breviario de la abuela con bisagras de oro y tapas de nácar.

Era domingo de ramos. El marqués llevó a Sierva María a la misa de cinco, y ella recibió de buen ánimo la palma bendita sin saber para qué.

A la salida vieron amanecer desde la carroza. El marqués en el asiento principal, con la maletita en las rodillas, y la niña impávida en el asiento de enfrente viendo pasar por la ventana las últimas calles de sus doce años. No había manifestado la mínima curiosidad por saber para dónde la llevaban vestida de Juana la Loca y con un sombrero de carcavera a una hora tan temprana. Al cabo de una larga meditación el marqués le preguntó:

«¿Sabes quién es Dios?»

La niña negó con la cabeza.

Había relámpagos y truenos remotos en el horizonte, el cielo estaba encapotado, y el mar áspero. A la vuelta de una esquina les salió al paso el convento de Santa Clara, blanco y solitario, con tres pisos de persianas azules sobre el muladar de una playa. El marqués lo señaló con el índice. «Ahí lo tienes», dijo. Y después señaló a su izquierda: «Verás el mar a toda hora desde las ventanas». Como la niña no le hizo caso, le dio la única explicación que le daría jamás sobre su destino:

«Vas a temperar unos días con las hermanitas de Santa Clara.»

Por ser domingo de ramos había en la puerta del torno más mendigos que de costumbre. Algunos leprosos que se disputaban con ellos las sobras de las cocinas se precipitaron también con la mano extendida hacia el marqués. Él les repartió limosnas exiguas, una a cada uno, hasta donde le alcanzaron los cuartillos. La tornera lo vio con sus tafetanes negros, y vio a la niña vestida de reina, y se abrió paso para atenderlos. El marqués le explicó que llevaba a Sierva María por orden del obispo. La tornera no lo dudó por el talante con que lo dijo. Examinó el aspecto de la niña, y le quitó el sombrero.

«Aquí están prohibidos los sombreros», dijo.

Se quedó con él. El marqués quiso darle también la maletita, y ella no la recibió:

«No le hará falta nada.»

La trenza mal prendida se desenrolló casi hasta el piso. La tornera no creyó que fuera natural. El marqués trató de enrollarla. La niña lo apartó, y se la arregló sin ayuda con una habilidad que sorprendió a la tornera.

«Hay que cortársela», dijo.

«Es una manda a la Santísima Virgen hasta el día que se case», dijo el marqués.

La tornera se inclinó ante la razón. Tomó a la niña de la mano, sin darle tiempo para una despedida, y la pasó por el torno. Como el tobillo le dolía al caminar, la niña se quitó la chinela izquierda. El marqués la vio alejarse, cojeando del pie descalzo, y con la chinela en la mano. Esperó en vano que en un raro instante de piedad se volviera a mirarlo. El último recuerdo que tuvo de ella fue cuando acabó de atravesar la galería del jardín, arrastrando el pie lastimado, y desapareció en el pabellón de las enterradas vivas.

Tres

El convento de Santa Clara era un edificio cuadrado frente al mar, con tres pisos de numerosas ventanas iguales, y una galería de arcos de medio punto alrededor de un jardín agreste y sombrío. Había un sendero de piedras entre matas de plátano y helechos silvestres, una palmera esbelta que había crecido más alto que las azoteas en busca de la luz, y un árbol colosal, de cuyas ramas colgaban bejucos de vainilla y ristras de orquídeas. Debajo del árbol había un estanque de aguas muertas con un marco de hierro oxidado donde hacían maromas de circo las guacamayas cautivas.

El edificio estaba dividido por el jardín en dos bloques distintos. A la derecha estaban los tres pisos de las enterradas vivas, apenas perturbados por el resuello de la resaca en los acantilados y los rezos y cánticos de las horas canónicas. Este bloque se comunicaba con la capilla por una puerta interior, para que las monjas de clausura pudieran entrar en el coro sin pasar por la nave pública, y oír misa y cantar detrás de una celosía que les permitía ver sin ser vistas. El precioso artesonado de maderas nobles, que se repetía en los cielos de todo el convento, había sido construido por un artesano español que le dedicó media vida por el derecho de ser sepultado en una hornacina del altar mayor. Allí estaba, apretujado tras las losas de mármol con casi dos siglos de abadesas y obispos, y otras gentes principales.

Cuando Sierva María entró en el convento las monjas de clausura eran ochenta y dos españolas, todas con sus servicios, y treinta y seis criollas de las grandes familias del virreinato. Después de hacer sus votos de pobreza, silencio y castidad, el único contacto que tenían con el exterior eran las escasas visitas en un locutorio con celosías de madera por donde pasaba la voz pero no la luz. Estaba junto a la puerta del torno, y el uso era reglamentado y restringido, y siempre en presencia de una escucha.

A la izquierda del jardín estaban las escuelas, los talleres de todo, con una población profusa de novicias y maestras de artesanías. Estaba la casa de servicio, con una cocina enorme de fogones de leña, un mesón de carnicería y un gran horno de pan. Al fondo había un patio siempre empantanado por las lavazas donde convivían varias familias de esclavos, y por último estaban los establos, un corral de chivos, la porqueriza, el huerto y las colmenas, donde se criaba y se cultivaba cuanto hacía falta para el buen vivir.

Al final de todo, lo más lejos posible y dejado de la mano de Dios, había un pabellón solitario que durante sesenta y ocho años sirvió de cárcel a la Inquisición, y seguía siéndolo para clarisas descarriadas. Fue en la última celda de ese rincón de olvido donde encerraron a Sierva María, a los noventa y tres días de ser mordida por el perro y sin ningún síntoma de la rabia.

La tornera que la había llevado de la mano se encontró al final del corredor con una novicia que iba para las cocinas, y le pidió que la llevara con la abadesa. La novicia pensó que no era prudente someter al fragor del servicio a una niña tan lánguida y bien vestida, y la dejó sentada en uno de los bancos de piedra del jardín para recogerla más tarde. Pero la olvidó de regreso.

Dos novicias que pasaron después se interesaron por sus collares y sus anillos, y le preguntaron quién era. Ella no contestó. Le preguntaron si sabía castellano, y fue como hablarle a un muerto.

«Es sordomuda», dijo la novicia más joven.

«O alemana», dijo la otra.

La más joven empezó a tratarla como si careciera de los cinco sentidos. Le soltó la trenza que tenía enrollada en el cuello y la midió por cuartas. «Casi cuatro», dijo, convencida de que la niña no la oía. Empezó a desbaratarla, pero Sierva María la intimidó con la mirada. La novicia se la sostuvo y le sacó la lengua.

«Tienes los ojos del diablo», le dijo.

Le quitó un anillo sin resistencia, pero cuando la otra trató de arrebatarle los collares se revolvió como una víbora y le dio en la mano un mordisco instantáneo y certero. La novicia corrió a lavarse la sangre.

Cuando cantaron la tercia Sierva María se había levantado una vez para tomar agua en el estanque. Asustada, regresó al banco sin beber, pero volvió cuando se dio cuenta de que eran cánticos de monjas. Quitó la nata de hojas podridas con un golpe diestro de la mano, y bebió en el cuenco hasta saciarse sin apartar los gusarapos. Luego orinó detrás del árbol, acuclillada y con un palo listo para defenderse de animales abusivos y hombres ponzoñosos, como se lo enseñó Dominga de Adviento.

Poco después pasaron dos esclavas negras que reconocieron los collares de santería y le hablaron en lengua yoruba. La niña les contestó entusiasmada en la misma lengua. Como nadie sabía porqué estaba allí, las esclavas la llevaron a la cocina tumultuosa, donde fue recibida con alborozo por la servidumbre. Alguien se fijó entonces en la herida del tobillo y quiso saber qué le había pasado. «Me lo hizo madre con un cuchillo», dijo ella. A quienes le preguntaron cómo se llamaba, les dio su nombre de negra: María Mandinga.

Recuperó su mundo al instante. Ayudó a degollar un chivo que se resistía a morir. Le sacó los ojos y le cortó las criadillas, que eran las partes que más le gustaban. Jugó al diábolo con los adultos en la cocina y con los niños del patio, y les ganó a todos. Cantó en yoruba, en congo y en mandinga, y aun los que no entendían la escucharon absortos. Al almuerzo se comió un plato con las criadillas y los ojos del chivo, guisados en manteca de cerdo y sazonados con especias ardientes.

A esa hora todo el convento sabía ya que la niña estaba allí, menos Josefa Miranda, la abadesa. Era una mujer enjuta y aguerrida, y con una mentalidad estrecha que le venía de familia. Se había formado en Burgos, a la sombra del Santo Oficio, pero el don de mando y el rigor de sus prejuicios eran de dentro y de siempre. Tenía dos vicarias capaces, pero estaban de sobra, porque ella se ocupaba de todo y sin ayuda de nadie.

Su rencor contra el episcopado local había empezado casi cien años antes de su nacimiento. La causa primera, como en los grandes pleitos de la historia, fue una divergencia mínima por asuntos de dinero y jurisdicción entre las clarisas y el obispo franciscano. Ante la intransigencia de éste, las monjas obtuvieron el apoyo del gobierno civil, y ése fue el principio de una guerra que en algún momento llegó a ser de todos contra todos.

Respaldado por otras comunidades, el obispo puso el convento en estado de sitio para rendirlo por hambre, y decretó el *Cessatio a Divinis*. Es decir: el cese de todo servicio religioso en la ciudad hasta nueva orden. La población se dividió en pedazos, y las autoridades civiles y religiosas se enfrentaron apoyadas por unos o por otros. Sin embargo, las clarisas seguían vivas y en pie de guerra al cabo de seis meses de asedio, hasta que se descubrió un túnel secreto por donde las abastecían sus partidarios. Los franciscanos, esta vez con el apoyo de un nuevo gobernador, violaron la clausura de Santa Clara y dispersaron a sus monjas.

Se necesitaron veinte años para que se calmaran los ánimos y se restituyera a las clarisas el convento desmantelado, pero al cabo de un siglo Josefa Miranda seguía cocinándose a fuego lento en sus rencores. Los inculcó en sus novicias, los cultivó en sus entrañas más que en su corazón, y encarnó todas las culpas de su origen en el obispo

De Cáceres y Virtudes y en todo el que tuviera algo que ver con él. De modo que su reacción era previsible cuando le avisaron, de parte del obispo, que el marqués de Casalduero había llevado al convento a su hija de doce años con síntomas mortales de posesión demoníaca. Sólo hizo una pregunta: «¿Pero es que existe un tal marqués?». La hizo con doble veneno, porque era asunto del obispo, y porque siempre negó la legitimidad de los nobles criollos, a los cuales llamaba «nobles de gotera».

A la hora del almuerzo no había podido encontrar a Sierva María en el convento. La tornera le había dicho a una vicaria que un hombre de luto le entregó al amanecer una niña rubia, vestida como una reina, pero no había averiguado nada sobre ella, porque era justo el momento en que los mendigos estaban disputándose la sopa de cazabe del domingo de ramos. Como prueba de su dicho le entregó el sombrero de cintas de colores. La vicaria se lo mostró a la abadesa cuando estaban buscando a la niña, y la abadesa no dudó de quién era. Lo agarró con la punta de los dedos y lo reparó a la distancia del brazo.

«Toda una señorita marquesa con un sombrero de maritornes», dijo. «Satanás sabe lo que hace.»

Había pasado por ahí a las nueve de la mañana, camino del locutorio, y se había demorado en el jardín discutiendo con los albañiles los precios de una obra de aguas, pero no vio a la niña sentada en el banco de piedra. Tampoco la vieron otras monjas que debieron pasar por allí varias veces. Las dos novicias que le quitaron el anillo juraron que no la habían visto cuando pasaron por allí después de que cantaron la tercia.

La abadesa acababa de hacer la siesta cuando oyó una canción de una sola voz que llenó el ámbito del convento. Tiró del cordón que pendía al lado de su cama, y una novicia apareció al instante en la penumbra del cuarto. La abadesa le preguntó quién cantaba con tanto dominio.

«La niña», dijo la novicia.

Todavía adormilada, la abadesa murmuró: «Qué voz tan bella». Y enseguida dio un salto:

«¡Cuál niña!»

«No sé», le dijo la novicia. «Una que tiene el traspatio alborotado desde esta mañana.»

«¡Santísimo Sacramento!», gritó la abadesa.

Saltó de la cama. Atravesó el convento a las volandas, y llegó hasta el patio de servicio guiándose por la voz. Sierva María cantaba sentada en un banquillo, con la cabellera extendida por los suelos, en medio de la servidumbre hechizada. Tan pronto como vio a la abadesa dejó de cantar. La abadesa levantó el crucifijo que llevaba colgado del cuello.

«Ave María Purísima», dijo.

«Sin pecado concebida», dijeron todos.

La abadesa blandió el crucifijo como un arma de guerra contra Sierva María. «*Vade retro*», gritó. Los criados retrocedieron y dejaron a la niña sola en su espacio, con la vista fija y en guardia.

«Engendro de Satanás», gritó la abadesa. «Te has hecho invisible para confundirnos.»

No lograron que dijera una palabra. Una novicia quiso llevarla de la mano, pero la abadesa se lo impidió aterrada. «No la toques», gritó. Y luego a todos:

«Nadie la toque.»

Terminaron por llevarla a la fuerza, pataleando y tirando al aire dentelladas de perro, hasta la última celda del pabellón de la cárcel. En el camino se dieron cuenta de que estaba embarrada de sus excrementos, y la lavaron a baldazos en el establo.

«Tantos conventos en esta ciudad y el señor obispo nos manda los zurullos», protestó la abadesa.

La celda era amplia, de paredes ásperas y el techo muy alto, con nervaduras de comején en el artesonado. Junto a la puerta única había una ventana de cuerpo entero con barrotes de madera torneada y los batientes atrancados con un travesaño de hierro. En la pared del fondo, que daba al mar, había otra ventana alta condenada con crucetas de madera. La cama era una base de argamasa con un colchón de lienzo relleno de paja y percudido por el uso. Había un poyo para sentarse y una mesa de obra que servía al mismo tiempo de altar y lavatorio, bajo un crucifijo solitario clavado en la pared. Allí dejaron a Sierva María, ensopada hasta la trenza y tiritando de miedo, al cuidado de una guardiana instruida para ganar la guerra milenaria contra el demonio.

Se sentó en el catre, mirando los barrotes de hierro de la puerta blindada, y así la encontró la criada que le llevó el platón de la merienda a las cinco de la tarde. No se inmutó. La criada trató de quitarle los collares y ella la agarró por la muñeca y la obligó a soltarlos. En las actas del convento que empezaron a levantarse esa noche la criada declaró que una fuerza del otro mundo la había derribado.

La niña permaneció inmóvil mientras la puerta se cerró y se oyeron los ruidos de la cadena y las dos vueltas de la llave en el candado. Vio lo que había de comer: unas piltrafas de cecina, una torta de cazabe y una jícara de chocolate. Probó el cazabe, lo masticó y lo escupió. Se acostó bocarriba. Oyó el resuello del mar, el viento de agua, los primeros truenos de la estación cada vez más cerca. Al amanecer del día siguiente, cuando volvió la criada con el desayuno, la encontró durmiendo sobre los matorrales de paja del colchón, que había destripado con los dientes y las uñas.

Al almuerzo se dejó llevar de buenos modos al refectorio de las internas sin votos de clausura. Era un salón amplio, con una bóveda alta y ventanas grandes, por donde entraba a gritos la claridad del mar y se oía muy cerca el estruendo de los cantiles. Veinte novicias, jóvenes la mayoría, estaban sentadas frente a una doble fila de mesones bastos. Tenían hábitos de estameña ordinaria y la cabeza rapada, y eran alegres y bobaliconas, y no ocultaban la emoción de estar comiendo su pitanza de cuartel en la misma mesa de una energúmena.

Sierva María estaba sentada cerca de la puerta principal, entre dos guardianas distraídas, y apenas si probaba bocado. Le habían puesto una bata igual a la de las novicias, y las chinelas todavía mojadas. Nadie la miró mientras comían, pero al final varias novicias la rodearon para admirar sus abalorios. Una de ellas trató de quitárselos. Sierva María se encabritó. A las guardianas que trataron de someterla se las quitó de encima con un empellón. Se subió en la mesa, corrió de un extremo al otro gritando como una poseída verdadera en zafarrancho de abordaje. Rompió cuanto encontró a su paso, saltó por la ventana y desbarató las pérgolas del patio, alborotó las colmenas y derribó las talanqueras de los establos y las cercas de los corrales. Las abejas se dispersaron y los animales en estampida irrumpieron aullando de pánico hasta en los dormitorios de la clausura.

No ocurrió nada desde entonces que no fuera atribuido al maleficio de Sierva María. Varias novicias declararon para las actas que volaba con unas alas transparentes que emitían un zumbido fantástico. Se necesitaron dos días y un piquete de esclavos para acorralar el ganado y pastorear las abejas hasta sus panales y poner la casa en orden. Corrió el rumor de que los cerdos estaban envenenados, que las aguas causaban visiones premonitorias, que una de las gallinas espantadas se fue volando por encima de los tejados y desapareció en el horizonte del mar. Pero los terrores de las clarisas eran contradictorios, pues a pesar de los aspavientos de la abadesa y de los pavores de cada quien, la celda de Sierva María se convirtió en el centro de la curiosidad de todas.

La queda de la clausura regía desde que cantaban las vísperas, a las siete de la noche, hasta la prima para la misa de seis. Las luces se apagaban y sólo permanecían las de las pocas celdas autorizadas. Sin embargo, nunca como entonces era tan agitada y libre la vida del convento. Había un tráfico de sombras por los corredores, de murmullos entrecortados y prisas reprimidas. Se jugaba en las celdas menos pensadas, lo mismo con baraja española que con dados cargados, y se bebían licores furtivos y se fumaba tabaco liado a escondidas desde que Josefa Miranda lo prohibió dentro de la clausura. Una niña endemoniada dentro del convento tenía la fascinación de una aventura novedosa.

Aun las monjas más rígidas escapaban de la clausura después del toque de queda, y se iban en grupos de dos o tres para hablar con Sierva María. Ella las recibió con las uñas, pero pronto aprendió a manejarlas según el humor de cada quien y de cada noche. Una pretensión frecuente era que les sirviera de estafeta con el diablo para pedirle favores imposibles. Sierva María imitaba voces de ultratumba, voces de degollados, voces de engendros satánicos, y muchas se creyeron sus picardías y las sentaron como ciertas en las actas. Una patrulla de monjas travestidas asaltaron la celda una mala noche, amordazaron a Sierva María y la despojaron de sus collares sagrados. Fue una victoria efímera. En las prisas de la huida, la comandante del atraco dio un traspié en las escaleras oscuras y se fracturó el cráneo. Sus compañeras no tuvieron un instante de paz mientras no devolvieron a su dueña los collares robados. Nadie volvió a perturbar las noches de la celda.

Para el marqués de Casalduero fueron días de luto. Más había tardado en internar a la niña que en arrepentirse de su diligencia, y sufrió un pasmo de tristeza del que nunca se repuso. Merodeó varias horas alrededor del convento preguntándose en cuál de sus ventanas incontables estaba Sierva María pensando en él. Cuando regresó a la casa vio a Bernarda en el patio tomando el fresco de la prima noche. Lo estremeció el presagio de que iba a preguntarle por Sierva María, pero apenas lo miró.

Soltó los mastines y se acostó en la hamaca de la alcoba con la ilusión de un sueño eterno. Pero no pudo. Los alisios habían pasado y era una noche ardiente. Las ciénagas mandaban toda clase de sabandijas aturdidas por el bochorno y ráfagas de zancudos carniceros, y había que quemar bostas de vaca en los dormitorios para espantarlos. Las almas se hundían en el sopor. El primer aguacero del año se esperaba entonces con tanta ansiedad como había de rogarse seis meses después que escampara para siempre.

Apenas despuntó el alba el marqués se fue a casa de Abrenuncio. No había acabado de sentarse cuando sintió por anticipado el inmenso alivio de compartir su dolor. Fue a su asunto sin preámbulos:

«He depositado la niña en Santa Clara.»

Abrenuncio no entendió, y el marqués aprovechó su desconcierto para el golpe siguiente.

«Será exorcizada», dijo.

El médico respiró a fondo y dijo con una calma ejemplar:

«Cuénteme todo.»

Entonces el marqués le contó: la visita al obispo, sus ansias de rezar, su determinación ciega, su noche en blanco. Fue una capitulación de cristiano viejo que no se reservó ni un secreto para su complacencia.

«Estoy convencido de que fue un mandato de Dios», concluyó.

«Quiere decir que ha recuperado la fe», dijo Abrenuncio.

«Nunca se deja de creer por completo», dijo el marqués. «La duda persiste.»

Abrenuncio lo entendió. Siempre había pensado que dejar de creer causaba una cicatriz imborrable en el lugar en que estuvo la fe, y que impedía olvidarla. Lo que le parecía inconcebible era someter una hija al castigo de los exorcismos.

«Entre eso y las hechicerías de los negros no hay mucha diferencia», dijo. «Y peor aún, porque los negros no pasan de sacrificar gallos a sus dioses, mientras que el Santo Oficio se complace descuartizando inocentes en el potro o asándolos vivos en espectáculo público.»

La participación de monseñor Cayetano Delaura en la visita al obispo le pareció un precedente siniestro. «Es un verdugo», dijo, sin más vueltas. Y se perdió en una enumeración erudita de antiguos autos de fe contra enfermos mentales ejecutados como energúmenos o herejes.

«Creo que matarla hubiera sido más cristiano que enterrarla viva», concluyó.

El marqués se santiguó. Abrenuncio lo miró, trémulo y fantasmal con sus tafetanes de duelo, y volvió a ver en sus ojos las luciérnagas de la incertidumbre que nacieron con él.

«Sáquela de ahí», le dijo.

«Es lo que quiero desde que la vi caminando hacia el pabellón de las enterradas vivas», dijo el marqués. «Pero no me siento con fuerzas para contrariar la voluntad de Dios.»

«Pues siéntase», dijo Abrenuncio. «Tal vez Dios se lo agradezca algún día.»

Esa noche el marqués solicitó una audiencia al obispo. La escribió de su puño y letra con una redacción enmarañada y una caligrafía infantil, y la entregó en persona al portero para estar seguro de que llegaba a su destino.

El obispo fue notificado el lunes de que Sierva María estaba lista para los exorcismos. Había terminado la merienda en su terraza de campánulas amarillas, y no le prestó una atención especial al recado. Comía poco, pero con una parsimonia que podía prolongar el ritual por tres horas. Sentado frente a él, el padre Cayetano Delaura le leía con una voz bien impostada y un estilo algo teatral. Ambas cosas convenían a los libros que él mismo elegía a su gusto y criterio.

El viejo palacio era demasiado grande para el obispo, que se bastaba de la sala de visitas y el dormitorio, y la terraza descubierta donde hacía las siestas y comía hasta que empezaba la estación de lluvias. En el ala opuesta estaba la biblioteca oficial que Cayetano Delaura había fundado, enriquecido y sostenido de mano maestra, y que se tuvo en su tiempo entre las mejores de las Indias. El resto del edificio eran once aposentos clausurados, donde se acumulaban escombros de dos siglos.

Salvo la monja de turno que servía la mesa, Cayetano Delaura era el único que tenía acceso a la casa del obispo durante las comidas, y no por sus privilegios personales, como se decía, sino por su dignidad de lector. No tenía ningún cargo definido, ni más título que el de bibliotecario, pero se le consideraba como un vicario de hecho por su cercanía del obispo, y nadie concebía que éste tomara sin él alguna determinación de importancia. Tenía su celda personal en una casa contigua que se comunicaba por dentro con el palacio, y en la cual estaban las oficinas y las habitaciones de los funcionarios de la diócesis, y las de media docena de monjas al servicio doméstico del obispo. Sin embargo, su verdadera casa era la biblioteca, donde trabajaba y leía hasta catorce horas diarias, y donde tenía un catre de cuartel para dormir cuando lo sorprendiera el sueño.

La novedad de aquella tarde histórica fue que Delaura había trastabillado varias veces en la lectura. Y más insólito aún que saltó una página por error y continuó leyendo sin advertirlo. El obispo lo observó a través de sus espejuelos mínimos de alquimista, hasta que pasó a la página siguiente. Entonces lo interrumpió divertido:

«¿En qué piensas?»

Delaura se sobresaltó.

«Debe de ser el bochorno», dijo. «¿Por qué?»

El obispo siguió mirándolo a los ojos. «Seguro que es algo más que el bochorno», le dijo. Y repitió en el mismo tono: «¿En qué estabas pensando?».

«En la niña», dijo Delaura.

No hizo ninguna precisión, pues desde la visita del marqués no había para ellos otra niña en el mundo. Habían hablado mucho de ella. Habían repasado juntos las crónicas de endemoniados y las memorias de santos exorcistas. Delaura suspiró:

«Soñé con ella.»

«¿Cómo pudiste soñar con una persona que nunca has visto?», le preguntó el obispo.

«Era una marquesita criolla de doce años, con una cabellera que le arrastraba como la capa de una reina», dijo. «¿Cómo podía ser otra?»

El obispo no era hombre de visiones celestiales, ni de milagros ni flagelaciones. Su reino era de este mundo. Así que movió la cabeza sin convicción, y siguió comiendo. Delaura reanudó la lectura con más cuidado. Cuando el obispo terminó de comer, lo ayudó a sentarse en el mecedor. Ya instalado a gusto, el obispo dijo:

«Ahora sí, cuéntame el sueño.»

Era muy simple. Delaura había soñado que Sierva María estaba sentada frente a la ventana de un campo nevado, arrancando y comiéndose una por una las uvas de un racimo que tenía en el regazo. Cada uva que arrancaba retoñaba enseguida en el racimo. En el sueño era evidente que la niña llevaba muchos años frente a aquella ventana infinita tratando de terminar el racimo, y que no tenía prisa, porque sabía que en la última uva estaba la muerte.

«Lo más raro», concluyó Delaura, «es que la ventana por donde miraba el campo era la misma de Salamanca, aquel invierno en que nevó tres días y los corderos murieron sofocados en la nieve.»

El obispo se impresionó. Conocía y quería demasiado a Cayetano Delaura para no tomar en cuenta los enigmas de sus sueños. El lugar que ocupaba, tanto en la diócesis como en sus afectos, lo tenía bien ganado por sus muchos talentos y su buena índole. El obispo cerró los ojos para dormir los tres minutos de la siesta vespertina.

Mientras tanto, Delaura comió en la misma mesa, antes de rezar juntos las oraciones de la noche. No había acabado cuando el obispo se estiró en el mecedor y tomó la decisión de su vida:

«Hazte cargo del caso.»

Lo dijo sin abrir los ojos y soltó un ronquido de león. Delaura acabó de comer y se sentó en su poltrona habitual bajo las enredaderas en flor. Entonces el obispo abrió los ojos.

«No me has contestado», le dijo.

«Creí que lo había dicho dormido», dijo Delaura.

«Ahora lo estoy repitiendo despierto», dijo el obispo. «Te encomiendo la salud de la niña.»

«Es lo más raro que me haya acaecido jamás», dijo Delaura.

«¿Quieres decir que no?»

«No soy exorcista, padre mío», dijo Delaura. «No tengo el carácter ni la formación ni la información para pretenderlo. Y además, ya sabemos que Dios me ha asignado otro camino.»

Así era. Por gestiones del obispo, Delaura estaba en la lista de tres candidatos al cargo de custodio del fondo sefardita en la biblioteca del Vaticano. Pero era la primera vez que se mencionaba entre ellos, aunque ambos lo sabían.

«Con mayor razón», dijo el obispo. «El caso de la niña, llevado a bien, puede ser el impulso que nos falta.»

Delaura era consciente de su torpeza para entenderse con mujeres. Le parecían dotadas de un uso de razón intransferible para navegar sin tropiezos por entre los azares de la realidad. La sola idea de un encuentro, aun con una criatura indefensa como Sierva María, le helaba el sudor de las manos.

«No, señor», decidió. «No me siento capaz.»

«No sólo lo eres», replicó el obispo, «sino que tienes de sobra lo que a cualquier otro le faltaría: la inspiración.»

Era una palabra demasiado grande para que no fuera la última. Sin embargo, el obispo no lo conminó a aceptar de inmediato sino que le concedió un tiempo de reflexión, hasta después de los duelos de la Semana Santa que empezaba aquel día.

«Ve a ver a la niña», le dijo. «Estudia el caso a fondo y me informas.»

Fue así como Cayetano Alcino del Espíritu Santo Delaura y Escudero, a los treinta y seis años cumplidos, entró en la vida de Sierva María y en la historia de la ciudad. Había sido alumno del obispo en su célebre cátedra de teología de Salamanca donde se graduó con los honores más altos de su promoción. Estaba convencido de que su padre era descendiente directo de Garcilaso de la Vega, por quien guardaba un culto casi religioso, y lo hacía saber de inmediato. Su madre era una criolla de San Martín de Loba, en la provincia de Mompox, emigrada a España con sus padres. Delaura no creía tener nada de ella hasta que vino al Nuevo Reino de Granada y reconoció sus nostalgias heredadas.

Desde su primera conversación con él en Salamanca, el obispo De Cáceres y Virtudes se había sentido frente a uno de esos raros valores que adornaban a la cristiandad de su tiempo. Era una helada mañana de febrero, y a través de la ventana se veían los campos nevados y al fondo la hilera de álamos en el río. Aquel paisaje invernal había de ser el marco de un sueño recurrente que iba a perseguir al joven teólogo por el resto de su vida.

Hablaron de libros, por supuesto, y el obispo no podía creer que Delaura hubiera leído tanto a su edad. Él le habló de Garcilaso. El maestro le confesó que lo conocía mal, pero lo recordaba como un poeta pagano que no mencionaba a Dios más de dos veces en toda su obra.

«No tan pocas veces», dijo Delaura. «Pero eso no era raro aun en los buenos católicos del Renacimiento.»

El día en que él hizo sus primeros votos, el maestro le propuso que lo acompañara al reino incierto de Yucatán, donde acababa de ser nombrado obispo. A Delaura, que conocía la vida en los libros, el vasto mundo de su madre le parecía un sueño que nunca había de ser suyo. Le costaba trabajo imaginarse el calor opresivo, el eterno tufo de carroña, las ciénagas humeantes, mientras desenterraban de la nieve los corderos petrificados. Al obispo, que había hecho las guerras de África, le era más fácil concebirlos.

«He oído decir que nuestros clérigos enloquecen de felicidad en las Indias», dijo Delaura.

«Y algunos se ahorcan», dijo el obispo. «Es un

reino amenazado por la sodomía, la idolatría y la antropofagia.» Y agregó sin prejuicios:

«Como tierra de moros.»

Pero también pensaba que ése era su atractivo mayor. Hacían falta guerreros tan capaces de imponer los bienes de la civilización cristiana como de predicar en el desierto. Sin embargo, a los veintitrés años, Delaura creía tener resuelto su camino hasta la diestra del Espíritu Santo, del cual era devoto absoluto.

«Toda la vida soñé con ser bibliotecario mayor», dijo. «Es para lo único que sirvo.»

Había participado en las oposiciones para un cargo en Toledo que lo pondría en el rumbo de ese sueño, y estaba seguro de alcanzarlo. Pero el maestro era obstinado.

«Es más fácil llegar a santo como bibliotecario en Yucatán que como mártir en Toledo», le dijo.

Delaura replicó sin humildad:

«Si Dios me concediera la gracia, no quisiera ser santo sino ángel.»

No había acabado de pensar en la oferta de su maestro cuando fue nombrado en Toledo, pero prefirió a Yucatán. Nunca llegaron, sin embargo. Habían naufragado en el Canal de los Vientos después de setenta días de mala mar, y fueron rescatados por un convoy maltrecho que los abandonó a su suerte en Santa María la Antigua del Darién. Allí permanecieron más de un año, esperando los correos ilusorios de la Flota de Galeones, hasta que al obispo De Cáceres lo nombraron interino en estas tierras, cuya sede estaba vacante por la muerte repentina del titular. Viendo la selva colosal de Urabá desde el batel que los llevaba al nuevo destino, Delaura reconoció las nostalgias que atormentaban a su madre en los inviernos lúgubres de Toledo. Los crepúsculos alucinantes, los pájaros de pesadilla, las podredumbres exquisitas de los manglares le parecían recuerdos entrañables de un pasado que no vivió.

«Sólo el Espíritu Santo podía arreglar tan bien las cosas para traerme a la tierra de mi madre», dijo.

Doce años después el obispo había renunciado al sueño de Yucatán. Había cumplido setenta y tres, estaba muriéndose de asma, y sabía que nunca más vería nevar en Salamanca. Por los días en que Sierva María entró en el convento tenía resuelto retirarse una vez allanado para su discípulo el camino de Roma.

Cayetano Delaura fue al convento de Santa Clara al día siguiente. Llevaba el hábito de lana cruda a pesar del calor, el acetre del agua bendita y un estuche con los óleos sacramentales, armas primeras en la guerra contra el demonio. La abadesa no lo había visto nunca, pero el ruido de su inteligencia y su poder había roto el sigilo de la clausura. Cuando lo recibió en el locutorio a las seis de la mañana le impresionaron sus aires de juventud, su palidez de mártir, el metal de su voz, el enigma de su mechón blanco. Pero ninguna virtud habría bastado para hacerle olvidar que era el hombre de guerra del obispo. A Delaura, en cambio, lo único que le llamó la atención fue el alboroto de los gallos.

«No son sino seis pero cantan como ciento», dijo la abadesa. «Además, un cerdo habló y una cabra parió trillizos.» Y agregó con ahínco: «Todo anda así desde que su obispo nos hizo el favor de mandarnos este regalo emponzoñado».

Igual alarma le causaba el jardín florecido con tanto ímpetu que parecía contra natura. A medida que lo atravesaban le hacía notar a Delaura que había flores de tamaños y colores irreales, y algunas de olores insoportables. Todo lo cotidiano tenía para ella algo de sobrenatural. A cada palabra, Delaura sentía que era más fuerte que él, y se apresuró a afilar sus armas.

«No hemos dicho que la niña esté poseída», dijo, «sino que hay motivos para suponerlo.»

«Lo que estamos viendo habla por sí», dijo la abadesa.

«Tenga cuidado», dijo Delaura. «A veces atribuimos al demonio ciertas cosas que no entendemos, sin pensar que pueden ser cosas que no entendemos de Dios.»

«Santo Tomás lo dijo y a él me atengo», dijo la abadesa: «A los demonios no hay que creerles ni cuando dicen la verdad».

En el segundo piso empezaba el sosiego. A un lado estaban las celdas vacías cerradas con candado durante el día, y enfrente la hilera de ventanas abiertas al esplendor del mar. Las novicias no parecían distraerse de sus labores, pero en realidad estaban pendientes de la abadesa y su visitante mientras se dirigían al pabellón de la cárcel.

Antes de llegar al final del corredor, donde estaba la celda de Sierva María, pasaron por la de

Martina Laborde, una antigua monja condenada a cadena perpetua por haber matado a dos compañeras suyas con un cuchillo de destazar. Nunca confesó el motivo. Llevaba allí once años, y era más conocida por sus evasiones frustradas que por su crimen. Nunca aceptó que estar presa de por vida fuera igual a ser monja de clausura, y era tan consecuente que se había ofrecido para seguir cumpliendo la condena como sirvienta en el pabellón de las enterradas vivas. Su obsesión implacable, a la que se consagró con tanto ahínco como a su fe, era la de ser libre aunque tuviera que volver a matar.

Delaura no resistió la curiosidad un tanto pueril de asomarse a la celda por entre las barras de hierro de la ventanilla. Martina estaba de espaldas. Cuando se sintió mirada se volvió hacia la puerta, y Delaura padeció al instante el poder de su hechizo. Inquieta, la abadesa lo apartó de la ventanilla.

«Tenga cuidado», le dijo. «Esa criatura es capaz de todo.»

«¿Tanto así?», dijo Delaura.

«Así de tanto», dijo la abadesa. «Si de mí dependiera estaría libre desde hace mucho tiempo. Es una causa de perturbación demasiado grande para este convento.»

Cuando la guardiana abrió la puerta, la celda de Sierva María exhaló un vaho de podredumbre. La niña yacía bocarriba en la cama de piedra sin colchón, atada de pies y manos con correas de cuero. Parecía muerta, pero sus ojos tenían la luz del mar. Delaura la vio idéntica a la de su sueño, y un temblor se apoderó de su cuerpo y lo empapó de un sudor helado. Cerró los ojos y rezó en voz baja, con todo el peso de su fe, y cuando terminó había recobrado el dominio.

«Aunque no estuviera poseída por ningún demonio», dijo, «esta pobre criatura tiene aquí el ambiente más propicio para estarlo.»

La abadesa replicó: «Honor que no merecemos». Pues habían hecho todo para mantener la celda en el mejor estado, pero Sierva María generaba su propio muladar.

«Nuestra guerra no es contra ella sino contra los demonios que la habiten», dijo Delaura.

Entró caminando en puntillas para sortear las inmundicias del piso, y asperjó la celda con el hisopo del agua bendita, murmurando las fórmulas rituales. La abadesa se aterrorizó con los lamparones que iba dejando el agua en las paredes.

«¡Sangre!», gritó.

Delaura le impugnó su ligereza de juicio. No porque el agua fuera roja tenía que ser sangre, y aun siéndolo, no tenía por qué ser cosa del diablo. «Más justo sería pensar que sea un milagro, y ese poder es sólo de Dios», dijo. Pero no era lo uno ni lo otro, porque al secarse en la cal las manchas no eran rojas sino de un verde intenso. La abadesa enrojeció. No sólo las clarisas, sino todas las mujeres de su tiempo tenían vedada cualquier clase de formación académica, pero ella había aprendido la esgrima escolástica desde muy joven en su familia de teólogos insignes y grandes herejes.

«Al menos», replicó, «no neguemos a los demonios el poder simple de cambiar el color de la sangre.»

«Nada es más útil que una duda a tiempo», replicó Delaura en el acto, y la miró de frente: «Lea a san Agustín».

«Muy bien leído que lo tengo», dijo la abadesa.

«Pues vuelva a leerlo», dijo Delaura.

Antes de ocuparse de la niña le rogó de muy buen tono a la guardiana que saliera de la celda. Luego, sin la misma dulzura, le dijo a la abadesa: «Usted también, por favor.»

«Bajo su responsabilidad», dijo ella.

«El obispo es la jerarquía máxima», dijo él.

«No tiene que recordármelo», dijo la abadesa, con un sesgo de sarcasmo. «Ya sabemos que ustedes son los dueños de Dios.»

Delaura le regaló el placer de la última palabra. Se sentó en el borde de la cama y revisó a la niña con el rigor de un médico. Seguía temblando, pero ya no sudaba.

Vista de cerca, Sierva María tenía rasguños y moretones, y la piel estaba en carne viva por el roce de las correas. Pero lo más impresionante era la herida del tobillo, ardiente y supurada por la chapucería de los curanderos.

Mientras la revisaba, Delaura le explicó que no la habían llevado allí para martirizarla, sino por la sospecha de que un demonio se le hubiera metido en el cuerpo para robarle el alma. Necesitaba su ayuda para establecer la verdad. Pero era imposible saber si ella lo escuchaba, y si comprendía que era una súplica del corazón.

Al término del examen, Delaura se hizo llevar un estuche de curaciones, pero impidió que entrara la monja boticaria. Ungió las heridas con bálsamos y alivió con soplos suaves el escozor de la carne viva, admirado de la resistencia de la niña ante el dolor. Sierva María no contestó a ninguna de sus preguntas, ni se interesó por sus prédicas, ni se quejó de nada.

Fue un comienzo descorazonador que persiguió a Delaura hasta el remanso de la biblioteca. Era el ámbito más grande de la casa del obispo, sin una sola ventana, y las paredes cubiertas por vidrieras de caoba con libros numerosos y en orden. En el centro había un mesón con cartas de marear, un astrolabio y otras artes de navegación, y un globo terráqueo con adiciones y enmiendas hechas a mano por cartógrafos sucesivos a medida que iba aumentando el mundo. Al fondo estaba el rústico mesón de trabajo con el tintero, el cortaplumas, las plumas de pavo criollo para escribir, el polvo de cartas y un florero con un clavel podrido. Todo el ámbito estaba en penumbra, y tenía el olor del papel en reposo, y la frescura y el sosiego de una floresta.

Al fondo del salón, en un espacio más reducido, había una estantería cerrada con puertas de tablas ordinarias. Era la cárcel de los libros prohibidos conforme a los espurgatorios de la Santa Inquisición, porque trataban de «materias profanas y fabulosas, y historias fingidas». Nadie tenía acceso a ella, salvo Cayetano Delaura, por licencia pontificia para explorar los abismos de las letras extraviadas.

Aquel remanso de tantos años se convirtió en su infierno desde que conoció a Sierva María. No volvería a reunirse con sus amigos, clérigos y laicos, que compartían con él los deleites de las ideas puras, y organizaban torneos escolásticos, concursos literarios, veladas de música. La pasión se redujo a entender las marrullerías del demonio, y a eso consagró sus lecturas y reflexiones durante cinco días con sus noches, antes de volver al convento. El lunes, cuando el obispo lo vio salir con paso firme, le preguntó cómo se sentía.

«Con las alas del Espíritu Santo», dijo Delaura.

Se había puesto la sotana de algodón ordinario que le infundía un ánimo de leñador, y llevaba el alma acorazada contra el desaliento. Falta le hacían. La guardiana contestó sus saludos con un gruñido, Sierva María lo recibió con un mal ceño, y era difícil respirar en la celda por los restos de comidas viejas y excrementos regados por el suelo. En el altar, junto a la lámpara del Santísimo, estaba intacto el almuerzo del día. Delaura cogió el plato y le ofreció a la niña una cucharada de frijoles negros con la manteca cuajada. Ella lo esquivó. Él insistió varias veces, y la reacción de ella fue igual. Delaura se comió entonces la cucharada de frijoles, la saboreó, y se la tragó sin masticar con gestos reales de repugnancia.

«Tienes razón», le dijo. «Esto es infame.»

La niña no le prestó la menor atención. Cuando le curó el tobillo inflamado se le crispó la piel y sus ojos se humedecieron. Él la creyó vencida, la alivió con susurros de buen pastor, y al fin se atrevió a zafarle las correas para darle una tregua al cuerpo estragado. La niña flexionó los dedos varias veces para sentir que aún eran suyos y estiró los pies entumidos por las amarras. Entonces miró a Delaura por primera vez, lo pesó, lo midió, y se le fue encima con un salto certero de animal de presa. La guardiana ayudó a someterla y a amarrarla. Antes de salir, Delaura sacó del bolsillo un rosario de sándalo y se lo colgó a Sierva María encima de sus collares de santería.

El obispo se alarmó cuando le vio llegar con la cara arañada y un mordisco en la mano que dolía de sólo verlo. Pero más lo alarmó la reacción de Delaura, que mostraba sus heridas como trofeos de guerra y se burlaba del peligro de contraer la rabia. Sin embargo, el médico del obispo le hizo una curación severa, pues era de los que temían que el eclipse del lunes siguiente fuera el preludio de graves desastres.

En cambio, Martina Laborde, la vulneraria, no halló la menor resistencia en Sierva María. Se había asomado en puntillas a la celda, como al azar, y la había visto amarrada de pies y manos en la cama. La niña se puso en guardia, y mantuvo sus ojos fijos y alerta hasta que Martina le sonrió. Entonces sonrió también y se entregó sin condiciones. Fue como si el alma de Dominga de Adviento hubiera saturado el ámbito de la celda.

Martina le contó quién era, y por qué estaba allí para el resto de sus días, a pesar de que había perdido la voz de tanto proclamar su inocencia. Cuando le preguntó a Sierva María las razones de su encierro, ella pudo decirle apenas lo que sabía por su exorcista:

«Tengo adentro un diablo.»

Martina la dejó en paz, pensando que mentía, o que le habían mentido, sin saber que ella era una de las pocas blancas a quienes les había dicho la verdad. Le hizo una demostración del arte de bordar, y la niña le pidió que la soltara para tratar de hacerla igual. Martina le mostró las tijeras que llevaba en el bolsillo de la bata con otros útiles de costura.

«Lo que quieres es que te suelte», le dijo. «Pero te advierto que si tratas de hacerme mal tengo cómo matarte.»

Sierva María no puso en duda su determinación. Se hizo soltar, y repitió la lección con la facilidad y el buen oído con que aprendió a tocar la tiorba. Antes de retirarse, Martina le prometió conseguir el permiso para ver juntas, el lunes próximo, el eclipse total de sol.

Al amanecer del viernes, las golondrinas se despidieron con una amplia vuelta en el cielo, y rociaron calles y tejados con una nevada de añil nauseabundo. Fue difícil comer y dormir mientras los soles del mediodía no secaron el fiemo empedernido y las brisas de la noche depuraron el aire. Pero el terror prevaleció. Nunca se había visto que las golondrinas cagaran en pleno vuelo ni que la hedentina de su estiércol estorbara para vivir.

En el convento, desde luego, nadie dudó de que Sierva María tuviera poderes bastantes para alterar las leyes de las migraciones. Delaura lo sintió hasta en la dureza del aire, el domingo después de la misa, mientras atravesaba el jardín con una canastilla de dulces de los portales. Sierva María, ajena a todo, llevaba todavía el rosario colgado del cuello, pero no le contestó el saludo ni se dignó mirarlo. Él se sentó a su lado, masticó con deleite una almojábana de la canastilla, y dijo con la boca llena:

«Sabe a gloria.»

Acercó a la boca de Sierva María la otra mitad de la almojábana. Ella la esquivó, pero no se volvió hacia la pared, como las otras veces, sino que le indicó a Delaura que la guardiana los espiaba. Él hizo un gesto enérgico con la mano hacia la puerta. «Quítese de ahí», ordenó.

Cuando la guardiana se apartó, la niña quiso saciar sus hambres atrasadas con la media almojábana, pero escupió el bocado. «Sabe a mierda de golondrina», dijo. Sin embargo, su humor cambió. Facilitó la curación de las peladuras que le escocían la espalda, y le prestó atención a Delaura por primera vez cuando descubrió que tenía la mano vendada. Con una inocencia que no podía ser fingida le preguntó qué le había pasado.

«Me mordió una perrita rabiosa con una cola de más de un metro», dijo Delaura.

Sierva María quiso ver la herida. Delaura se quitó la venda, y ella tocó apenas con el índice el halo solferino de la inflamación, como si fuera una brasa, y rió por primera vez.

«Soy más mala que la peste», dijo.

Delaura no le contestó con los Evangelios sino con Garcilaso:

«Bien puedes hacer esto con quien pueda sufrirlo.»

Se fue enardecido por la revelación de que algo inmenso e irreparable había empezado a ocurrir en su vida. La guardiana le recordó al salir, de parte de la abadesa, que estaba prohibido llevar comida de la calle por el riesgo de que alguien les mandara alimentos envenenados, como ocurrió durante el asedio. Delaura le mintió que había llevado la canastilla con licencia del obispo, y sentó una protesta formal por la mala comida de las reclusas en un convento célebre por su buena cocina.

Durante la cena le leyó al obispo con un ánimo nuevo. Lo acompañó en las oraciones de la noche, como siempre, y mantuvo los ojos cerrados para pensar mejor en Sierva María mientras rezaba. Se retiró a la biblioteca más temprano que de costumbre, pensando en ella, y cuanto más pensaba más le crecían las ansias de pensar. Repitió en voz alta los sonetos de amor de Garcilaso, asustado por la sospecha de que en cada verso había una premonición cifrada que tenía algo que ver con su vida. No logró dormir. Al alba se dobló sobre el escritorio con la frente apoyada en el libro que no leyó. Desde el fondo del sueño oyó los tres nocturnos de los maitines del nuevo día en el santuario vecino. «Dios te salve María de Todos los Ángeles», dijo dormido. Su propia voz lo despertó de pronto, y vio a Sierva María con la bata de reclusa y la cabellera a fuego vivo sobre los hombros, que tiró el clavel viejo y puso un ramo de gardenias recién nacidas en el florero del mesón. Delaura, con Garcilaso, le dijo de voz ardiente: *«Por vos nací, por vos tengo la vida, por vos he de morir y por vos muero»*. Sierva María sonrió sin mirarlo. Él cerró los ojos para estar seguro de que no era un engaño de las sombras. La visión se había desvanecido cuando los abrió, pero la biblioteca estaba saturada por el rastro de sus gardenias.

Cuatro

El padre Cayetano Delaura fue invitado por el obispo a esperar el eclipse bajo la pérgola de campánulas amarillas, el único lugar de la casa que dominaba el cielo del mar. Los alcatraces inmóviles en el aire con las alas abiertas parecían muertos en pleno vuelo. El obispo se abanicaba despacio, en una hamaca colgada de dos horcones con cabrestantes de barco, donde acababa de hacer la siesta. Delaura se mecía a su lado en un mecedor de mimbre. Ambos estaban en estado de gracia, tomando agua de tamarindo y mirando por encima de los tejados el vasto cielo sin nubes. Poco después de las dos empezó a oscurecer, las gallinas se recogieron en las perchas y todas las estrellas se encendieron al mismo tiempo. Un escalofrío sobrenatural estremeció el mundo. El obispo oyó el aleteo de las palomas retrasadas buscando a tientas los palomares en la oscuridad.

«Dios es grande», suspiró. «Hasta los animales lo sienten.»

La monja de turno le llevó un candil y unos vidrios ahumados para mirar el sol. El obispo se enderezó en la hamaca y empezó a observar el eclipse a través del cristal.

«Hay que mirar con un solo ojo», dijo, tratando de dominar el silbido de su respiración. «Si no, se corre el riesgo de perder ambos.»

Delaura permaneció con el cristal en la mano sin mirar el eclipse. Al cabo de un largo silencio, el obispo lo rastreó en la penumbra, y vio sus ojos fosforescentes ajenos por completo a los hechizos de la falsa noche.

«¿En qué piensas?», le preguntó.

Delaura no contestó. Vio el sol como una luna menguante que le lastimó la retina a pesar del cristal oscuro. Pero no dejó de mirar.

«Sigues pensando en la niña», dijo el obispo.

Cayetano se sobresaltó, a pesar de que el obispo tenía aquellos aciertos con más frecuencia de la que hubiera sido natural. «Pensaba que el vulgo puede relacionar sus males con este eclipse», dijo. El obispo sacudió la cabeza sin apartar la vista del cielo.

«¿Y quién sabe si tienen razón?», dijo. «Las barajas del Señor no son fáciles de leer.»

«Este fenómeno fue calculado hace milenios por los astrónomos asirios», dijo Delaura.

«Es una respuesta de jesuita», dijo el obispo.

Cayetano siguió mirando el sol sin el cristal por simple distracción. A las dos y doce parecía un disco negro, perfecto, y por un instante fue la media noche a pleno día. Luego el eclipse recobró su condición terrenal, y empezaron a cantar los gallos del amanecer. Cuando Delaura dejó de mirar, la medalla de fuego persistía en su retina.

«Sigo viendo el eclipse», dijo, divertido. «A donde quiera que mire, ahí está.»

El obispo dio el espectáculo por terminado. «Se te quitará dentro de unas horas», dijo. Se estiró sentado en la hamaca, bostezó y dio gracias al Señor por el nuevo día.

Delaura no había perdido el hilo.

«Con mis respetos, padre mío», dijo, «no creo que esa criatura esté poseída.»

Esta vez el obispo se alarmó de veras.

«¿Por qué lo dices?»

«Creo que sólo está aterrorizada», dijo Delaura.

«Tenemos pruebas a manta de Dios», dijo el obispo. «¿O es que no lees las actas?»

Sí. Delaura las había estudiado a fondo, y eran más útiles para conocer la mentalidad de la abadesa que el estado de Sierva María. Habían exorcizado los lugares donde la niña estuvo en la mañana de su ingreso, y cuanto había tocado. A quienes estuvieron en contacto con ella los habían sometido a abstinencias y depuraciones. La novicia que le robó el anillo el primer día fue condenada a trabajos forzados en el huerto. Decían que la niña se había complacido descuartizando un chivo que degolló con sus manos, y se comió las criadillas y los ojos aliñados como fuego vivo. Hacía gala de un don de lenguas que le permitía entenderse con los africanos de cualquier nación, mejor que ellos mismos entre sí, o con las bestias de cualquier pelaje. Al día siguiente de su llegada, las once guacamayas cautivas que adornaban el jardín desde hacía veinte años amanecieron muertas sin causa. Había fascinado a la servidumbre con canciones demoníacas que cantaba con voces distintas de la suya.

Cuando supo que la abadesa la buscaba, se hizo invisible sólo para ella.

«Sin embargo», dijo Delaura, «creo que lo que nos parece demoníaco son las costumbres de los negros, que la niña ha aprendido por el abandono en que la tuvieron sus padres.»

«¡Cuidado!», lo alertó el obispo. «El Enemigo se vale mejor de nuestra inteligencia que de nuestros yerros.»

«Pues el mejor regalo para él sería que exorcizáramos una criatura sana», dijo Delaura.

El obispo se encrespó.

«¿Debo entender que estás en rebeldía?»

«Debe entender que mantengo mis dudas, padre mío», dijo Delaura. «Pero obedezco con toda humildad.»

Así que volvió al convento sin convencer al obispo. Llevaba en el ojo izquierdo un parche de tuerto que le había puesto su médico mientras se le borraba el sol impreso en la retina. Sintió las miradas que lo siguieron a lo largo del jardín y de los corredores sucesivos hasta el pabellón de la cárcel, pero nadie le dirigió la palabra. En todo el ámbito había como una convalescencia del eclipse.

Cuando la guardiana le abrió la celda de Sierva María, Delaura sintió que el corazón se le reventaba en el pecho y apenas si podía tenerse en pie. Sólo por sondear su humor de esa mañana le preguntó a la niña si había visto el eclipse. En efecto, lo había visto desde la terraza. No entendió que él llevara un parche en el ojo si ella había mirado el sol sin protección y estaba bien. Le contó que las monjas lo habían visto de rodillas y que el convento se había paralizado hasta que empezaron a cantar los gallos. Pero a ella no le había parecido nada del otro mundo.

«Lo que vi es lo que se ve todas las noches», dijo.

Algo había cambiado en ella que Delaura no podía precisar, y cuyo síntoma más visible era un átimo de tristeza. No se equivocó. Apenas habían empezado las curaciones, la niña fijó en él sus ojos ansiosos y le dijo con voz trémula:

«Me voy a morir.»

Delaura se estremeció.

«¿Quién te lo dijo?»

«Martina», dijo la niña.

«¿La has visto?»

La niña le contó que había ido dos veces a su celda para enseñarla a bordar, y habían visto juntas el eclipse. Le dijo que era buena y suave y que la abadesa le había dado permiso de hacer las clases de bordado en la terraza para ver los atardeceres en el mar.

«Ajá», dijo él, sin parpadear. «¿Y te dijo cuándo te vas a morir?»

La niña afirmó con los labios apretados para no llorar.

«Después del eclipse», dijo.

«Después del eclipse pueden ser los próximos cien años», dijo Delaura.

Pero tuvo que concentrarse en las curaciones para que ella no notara que tenía un nudo en la garganta. Sierva María no dijo más. Él volvió a mirarla, intrigado por su silencio, y vio que tenía los ojos húmedos.

«Tengo miedo», dijo ella.

Se derrumbó en la cama y se soltó en un llanto desgarrado. Él se sentó más cerca y la reconfortó con paliativos de confesor. Sólo entonces supo Sierva María que Cayetano era su exorcista y no su médico.

«¿Y entonces por qué me cura?», le preguntó.

A él le tembló la voz:

«Porque te quiero mucho.»

Ella no fue sensible a su audacia.

Ya de salida, Delaura se asomó a la celda de Martina. Por primera vez de cerca vio que tenía la piel picada de viruela, el cráneo pelado, la nariz demasiado grande y los dientes de rata, pero su poder de seducción era un fluido material que se sentía de inmediato. Delaura prefirió hablar desde el umbral.

«Esa pobre niña tiene ya demasiados motivos para estar asustada», dijo. «Le ruego que no se los aumente.»

Martina se desconcertó. Nunca se le habría ocurrido pronosticar a nadie el día de su muerte, y mucho menos a una niña tan encantadora e indefensa. Sólo la había interrogado sobre su estado, y por tres o cuatro respuestas se dio cuenta de que mentía por vicio. La seriedad con que Martina lo dijo le bastó a Delaura para comprender que Sierva María le había mentido también a él. Le pidió perdón por su ligereza, y le rogó que no le hiciera ningún reclamo a la niña.

«Yo sabré bien lo que hago», concluyó.

Martina lo envolvió en su hechizo. «Sé quién es su reverencia», dijo, «y sé que siempre ha sabido muy bien lo que hace.» Pero Delaura llevaba un ala herida, por la comprobación de que Sierva María no había necesitado la ayuda de nadie para incubar en la soledad de su celda el pánico de la muerte.

En el curso de esa semana, la madre Josefa Miranda le hizo llegar al obispo un memorial de quejas y reclamos, escrito de su puño y letra. Pedía que se relevara a las clarisas de la tutela de Sierva María, considerada por ella como un castigo tardío por culpas ya purgadas de sobra. Enumeraba una nueva lista de sucesos fenomenales incorporados a las actas, y sólo explicables por un contubernio descarado de la niña con el demonio. El final era una denuncia airada de la prepotencia de Cayetano Delaura, de su libertad de pensamiento y su ojeriza personal contra ella, y del abuso de llevar comida al convento contra las prohibiciones de la regla.

El obispo le mostró el memorial a Delaura tan pronto como regresó a casa, y él lo leyó de pie, sin que se le moviera un músculo de la cara. Terminó enfurecido.

«Si alguien está poseído por todos los demonios es Josefa Miranda», dijo. «Demonios de rencor, de intolerancia, de imbecilidad. ¡Es detestable!»

El obispo se admiró de su virulencia. Delaura lo notó, y trató de explicarse en un tono tranquilo.

«Quiero decir», dijo, «que le atribuye tantos poderes a las fuerzas del mal, que más bien parece devota del demonio.»

«Mi investidura no me permite estar de acuerdo contigo», dijo el obispo. «Pero me gustaría estarlo.»

Lo reprendió por cualquier exceso que hubiera podido cometer, y le pidió paciencia para sobrellevar el genio aciago de la abadesa. «Los Evangelios están llenos de mujeres como ella, aun con peores defectos», dijo. «Y sin embargo Jesús las enalteció.» No pudo continuar, porque un trueno retumbó en la casa y se escapó rodando por el mar, y un aguacero bíblico los apartó del resto del mundo. El obispo se tendió en el mecedor y naufragó en la nostalgia.

«¡Qué lejos estamos!», suspiró.

«¿De qué?»

«De nosotros mismos», dijo el obispo. «¿Te parece justo que uno necesite hasta un año para saber que es huérfano?» Y a falta de respuesta, se desahogó de su añoranza: «Me llena de terror la sola idea de que en España hayan dormido ya esta noche».

«No podemos intervenir en la rotación de la Tierra», dijo Delaura.

«Pero podríamos ignorarla para que no nos duela», dijo el obispo. «Más que la fe, lo que a Galileo le faltaba era corazón.»

Delaura conocía aquellas crisis que atormentaban al obispo en sus noches de lluvias tristes desde que la vejez se lo tomó por asalto. Lo único que podía hacer era distraerlo de sus bilis negras hasta que lo venciera el sueño.

A fines de mes se anunció por bando la llegada inminente del nuevo virrey, don Rodrigo de Buen Lozano, de paso para su sede de Santa Fe. Venía con su séquito de oidores y funcionarios, sus criados y sus médicos personales, y un cuarteto de cuerda que le había regalado la reina para sobrellevar los tedios de las Indias. La virreina tenía algún parentesco con la abadesa y había pedido que la alojaran en el convento.

Sierva María fue olvidada en medio de la abrasión de la cal viva, los vapores del alquitrán, el tormento de los martillazos y las blasfemias a gritos de las gentes de toda ley que invadieron la casa hasta la clausura. Un andamio se derrumbó con un estrépito colosal, y un albañil murió y siete obreros más quedaron heridos. La abadesa atribuyó el desastre a los hados maléficos de Sierva María, y aprovechó la nueva ocasión para insistir en que la mandaran a otro convento mientras pasaba el jubileo. Esta vez el argumento principal fue que la vecindad de una energúmena no era recomendable para la virreina. El obispo no le contestó.

Don Rodrigo de Buen Lozano era un asturiano maduro y apuesto, campeón de pelota vasca y de tiro a la perdiz, que compensaba con sus gracias los veintidós años que le llevaba a la esposa. Se reía con todo el cuerpo, aun de sí mismo, y no perdía ocasión de demostrarlo. Desde que percibió las primeras brisas del Caribe, cruzadas de tambores nocturnos y fragancias de guayabas maduras, se quitó los atuendos primaverales y andaba despechugado por entre los corrillos de las señoras. Desembarcó en mangas de camisa, sin discursos ni alardes de lombardas. En honor suyo se autorizaron fandangos, bundes y cumbiambas, aunque estaban prohibidos por el obispo, y corralejas de toros y peleas de gallo en descampado.

La virreina era casi adolescente, activa y un poco díscola, e irrumpió en el convento como un ventarrón de novedad. No hubo rincón que no registrara, ni problema que no entendiera, ni nada bueno que no quisiera mejorar. En el recorrido del convento quería agotarlo todo con la facilidad de una primeriza. Tanto, que la abadesa creyó prudente ahorrarle la mala impresión de la cárcel.

«No vale la pena», le dijo. «Sólo hay dos reclusas, y una está poseída por el demonio.»

Bastó decirlo para despertar su interés. De nada le valió que las celdas no hubieran sido preparadas ni las reclusas advertidas. Tan pronto como se abrió la puerta, Martina Laborde se arrojó a sus pies con una súplica de perdón.

No parecía fácil después de una fuga frustrada y otra conseguida. La primera la había intentado seis años antes, por la terraza del mar, con otras tres monjas condenadas por distintas causas y con diversas penas. Una lo logró. Fue entonces cuando clausuraron las ventanas y fortificaron el patio bajo la terraza. El año siguiente, las tres restantes amarraron a la guardiana, que entonces dormía dentro del pabellón, y escaparon por una puerta de servicio. La familia de Martina, de acuerdo con su confesor, la devolvió al convento. Durante cuatro años largos siguió siendo la única presa, y no tenía derecho a visitas en el locutorio ni a la misa dominical en la capilla. De modo que el perdón parecía imposible. Sin embargo, la virreina prometió interceder ante el esposo.

En la celda de Sierva María el aire estaba todavía áspero por la cal viva y los resabios del alquitrán, pero había un orden nuevo. Tan pronto como la guardiana abrió la puerta, la virreina se sintió hechizada por un soplo glacial. Sierva María estaba sentada, con la túnica raída y las chinelas sucias, y cosía despacio en un rincón iluminado por su propia luz. No levantó la vista hasta que la virreina la saludó. Ésta percibió en su mirada la fuerza irresistible de una revelación. «Santísimo Sacramento», murmuró, y dio un paso dentro de la celda.

«Cuidado», le dijo la abadesa al oído. «Es como una tigra.»

La agarró del brazo. La virreina no entró, pero la sola visión de Sierva María le bastó para hacerse al propósito de redimirla.

El gobernador de la ciudad, que era soltero y mariposón, le ofreció al virrey un almuerzo de hombres solos. Tocó el cuarteto de cuerda español, tocó un conjunto de gaitas y tambores de San Jacinto, y se hicieron danzas públicas y mojigangas de negros que eran parodias procaces de los bailes de blancos. A los postres, una cortina se abrió en el fondo de la sala, y apareció la esclava abisinia que el gobernador había comprado por su peso en oro. Estaba vestida con una túnica casi transparente que aumentaba el peligro de su desnudez. Después de mostrarse de cerca a la concurrencia ordinaria se detuvo frente al virrey, y la túnica resbaló por su cuerpo hasta los pies.

Su perfección era alarmante. El hombro no había sido profanado por el hierro de plata del tra-

ficante, ni la espalda por la inicial del primer dueño, y toda ella exhalaba un hálito confidencial. El
virrey palideció, tomó aliento, y con un gesto de la
mano borró de su memoria la visión insoportable.

«Llévensela, por el amor de Nuestro Señor», ordenó. «No quiero verla más en el resto de mis días.»

Tal vez como represalia por la frivolidad del
gobernador, la virreina presentó a Sierva María en
la cena que la abadesa les ofreció en su comedor
privado. Martina Laborde les había advertido: «No
traten de quitarle los collares y las pulseras, y ve-
rán lo bien que se porta». Así fue. Le pusieron el
traje de la abuela con que llegó al convento, le lavaron y peinaron la cabellera suelta para que le
arrastrara mejor, y la virreina misma la llevó de la
mano a la mesa del esposo. Hasta la abadesa quedó asombrada de su prestancia, de su luz personal, del prodigio de la cabellera. La virreina murmuró al oído del esposo:

«Está poseída por el demonio.»

El virrey se resistió a creerlo. Había visto en
Burgos una energúmena que defecó sin pausas toda una noche hasta rebosar el cuarto. Tratando de
evitarle a Sierva María un destino semejante, la encomendó a sus médicos. Éstos confirmaron que
no tenía ningún síntoma de la rabia, y coincidie-
ron con Abrenuncio en que ya no era probable
que la contrajera. Sin embargo, nadie se creyó au-
torizado para dudar de que estuviera poseída por
el demonio.

El obispo aprovechó la fiesta para reflexionar
sobre el memorial de la abadesa y la situación final de Sierva María. Cayetano Delaura, a su vez,

intentó la purificación previa al exorcismo, y se encerró a cazabe y agua en la biblioteca. No lo consiguió. Pasó noches de delirio y días en vela escribiendo versos desaforados que eran su único sedante para las ansias del cuerpo.

Algunos de esos poemas se encontraron en un legajo apenas descifrable cuando la biblioteca fue desmantelada casi un siglo después. El primero, y el único legible por completo, era el recuerdo de sí mismo a los doce años, sentado sobre su baúl de escolar bajo una tenue llovizna de primavera, en el patio empedrado del seminario de Ávila. Acababa de llegar después de varios días de mula desde Toledo, con un vestido de su padre arreglado a su medida, y aquel baúl que pesaba dos veces más que él, porque su madre había puesto dentro cuanto le hiciere falta para sobrevivir con honra hasta el final del noviciado. El portero ayudó a ponerlo en el centro del patio, y allí lo abandonó a su suerte bajo la llovizna.

«Llévalo al tercer piso», le dijo. «Allá te indicarán cuál es tu lugar en el dormitorio.»

En un instante el seminario en pleno estaba asomado a los balcones del patio, pendiente de lo que él haría con el baúl, como el protagonista único de una obra de teatro que sólo él ignoraba. Cuando comprendió que no contaba con nadie, sacó del baúl las cosas que podía llevar en los brazos, y las subió al tercer piso por las empinadas escaleras de piedra viva. El pasante le indicó su lugar en las dos hileras de camas del dormitorio de novicios. Cayetano puso sus cosas encima de la cama, volvió al patio y subió cuatro veces más hasta terminar. Por último agarró de la manija el baúl vacío y lo subió a rastras por las escaleras.

Los maestros y alumnos que lo veían desde los balcones no se volvían a mirarlo cuando pasaba por cada piso. Pero el padre rector lo esperó en el rellano del tercero cuando subió con el baúl, e inició los aplausos. Los demás lo imitaron con una ovación. Cayetano supo entonces que había sorteado con creces el primer rito de iniciación del seminario, que consistía en subir el baúl hasta el dormitorio sin preguntar nada y sin ayuda de nadie. La rapidez de su ingenio, su buena índole y el temple de su carácter fueron proclamados como ejemplos para el noviciado.

Sin embargo, el recuerdo que más había de marcarlo fue su conversación de esa noche en la oficina del rector. Lo había citado para hablarle del único libro que encontraron en su baúl, descosido, incompleto y sin carátulas, tal como él lo rescató por azar de unos cajones de su padre. Lo había leído hasta donde pudo en las noches del viaje, y estaba ansioso por conocer el final. El padre rector quería saber su opinión.

«Lo sabré cuando termine de leerlo», dijo él.

El rector, con una sonrisa de alivio, lo guardó bajo llave.

«No lo sabrás nunca», le dijo. «Es un libro prohibido.»

Veinticuatro años después, en la umbría biblioteca del obispado, cayó en la cuenta de que había leído cuantos libros pasaron por sus manos, autorizados o no, menos aquél. Lo estremeció la sensación de que una vida completa terminaba aquel día. Otra, imprevisible, empezaba.

Había iniciado sus oraciones de la tarde, al octavo día de ayuno, cuando le anunciaron que el obispo lo esperaba en la sala para recibir al virrey. Era una visita imprevista, aun para el virrey, a quien se le ocurrió a destiempo en el curso de su primer paseo por la ciudad. Tuvo que contemplar los tejados desde la terraza florida mientras llamaban de urgencia a los funcionarios más cercanos y ponían un poco de orden en la sala.

El obispo lo recibió con seis clérigos de su estado mayor. A su diestra sentó a Cayetano Delaura, a quien presentó sin más título que su nombre completo. Antes de empezar la charla el virrey revisó con una mirada de conmiseración las paredes descascaradas, las cortinas rotas, los muebles artesanales de los más baratos, los clérigos empapados de sudor dentro de sus hábitos indigentes. El obispo, tocado en el orgullo, dijo: «Somos hijos de José el carpintero». El virrey hizo un gesto de comprensión, y se lanzó a un recuento de sus impresiones de la primera semana. Habló de sus planes ilusorios para incrementar el comercio con las Antillas inglesas una vez restañadas las heridas de la guerra, de los méritos de la intervención oficial en la educación, de estímulos a las artes y las letras para poner estos suburbios coloniales a tono con el mundo.

«Los tiempos son de renovación», dijo.

El obispo comprobó una vez más la facilidad del poder terrenal. Tendió hacia Delaura su índice tembloroso, sin mirarlo, y dijo al virrey:

«Aquí el que se mantiene al corriente de esas novedades es el padre Cayetano.»

El virrey siguió la dirección del índice, y se encontró con el semblante lejano y los ojos atónitos que lo miraban sin pestañear. Le preguntó a Delaura con un interés real:

«¿Has leído a Leibniz?»

«Así es, excelencia», dijo Delaura, y precisó: «Por la índole de mi cargo».

Al final de la visita se hizo evidente que el interés mayor del virrey era la situación de Sierva María. Por ella misma, explicó, y por la paz de la abadesa, cuya tribulación lo había conmovido.

«Todavía carecemos de pruebas terminantes, pero las actas del convento nos dicen que esa pobre criatura está poseída por el demonio», dijo el obispo. «La abadesa lo sabe mejor que nosotros.»

«Ella piensa que habéis caído en una trampa de Satanás», dijo el virrey.

«No sólo nosotros, sino la España entera», dijo el obispo. «Hemos atravesado el mar océano para imponer la ley de Cristo, y lo hemos logrado en las misas, en las procesiones, en las fiestas patronales, pero no en las almas.»

Habló de Yucatán, donde habían construido catedrales suntuosas para ocultar las pirámides paganas, sin darse cuenta de que los aborígenes acudían a misa porque debajo de los altares de plata seguían vivos sus santuarios. Habló del batiburrillo de sangre que habían hecho desde la conquista: sangre de español con sangre de indios, de aquéllos y éstos con negros de toda laya, hasta mandingas musulmanes, y se preguntó si semejante contubernio cabría en el reino de Dios. A pesar del estorbo de su respiración y de su tosecita de viejo, terminó sin concederle una pausa al virrey:

«¿Qué puede ser todo eso sino trampas del Enemigo?»

El virrey estaba demudado.

«El desencanto de Su Señoría Ilustrísima es de suma gravedad», dijo.

«No lo vea así Su Excelencia», dijo el obispo de muy buen modo. «Trato de hacer más evidente la fuerza de la fe que requerimos para que estos pueblos sean dignos de nuestra inmolación.»

El virrey retomó el hilo.

«Hasta donde entiendo, los reparos de la abadesa son de carácter práctico», dijo. «Piensa que quizás otros conventos tuvieran mejores condiciones para un caso tan difícil.»

«Pues sepa Su Excelencia que escogimos a Santa Clara sin vacilar, por la entereza, la eficacia y la autoridad de Josefa Miranda», dijo el obispo. «Y Dios sabe que tenemos la razón.»

«Me permitiré transmitírselo», dijo el virrey.

«Ella lo sabe de sobra», dijo el obispo. «Lo que me inquieta es por qué no se atreve a creerlo.»

Al decirlo sintió pasar el aura de una crisis de asma inminente, y apresuró el final de la visita. Contó que tenía pendiente un memorial de cargos de la abadesa que prometía resolver con el más ferviente amor pastoral tan pronto como la salud le diera una tregua. El virrey se lo agradeció, y puso término a la visita con una cortesía personal. También él sufría de un asma pertinaz, y le ofreció sus médicos al obispo. Éste no lo creyó del caso.

«Todo lo mío está ya en las manos de Dios», dijo. «Tengo la edad en que murió la Virgen.»

Al contrario de los saludos, la despedida fue lenta y ceremoniosa. Tres de los clérigos, y entre ellos Delaura, acompañaron al virrey en silencio por los corredores lúgubres hasta la puerta mayor. La guardia virreinal mantenía a raya a los mendigos con una cerca de alabardas cruzadas. Antes de subir a la carroza, el virrey se volvió hacia Delaura, lo señaló con su índice inapelable, y le dijo: «No dejes que me olvide de ti.»

Fue una frase tan imprevista y enigmática, que Delaura sólo alcanzó a corresponder con una reverencia.

El virrey se dirigió al convento para contarle a la abadesa los resultados de la visita. Horas después, ya con el pie en el estribo, y a pesar del acoso de la virreina, le negó el indulto a Martina Laborde, porque le pareció un mal precedente para los muchos reos de lesa majestad humana que encontró en las cárceles.

El obispo había permanecido inclinado hacia adelante, tratando de apagar los silbidos de su respiración con los ojos cerrados, hasta que Delaura regresó. Los ayudantes se habían retirado en puntillas y la sala estaba en sombras. El obispo miró en torno suyo y vio las sillas vacías alineadas contra la pared, y a Cayetano solo en la sala. Le preguntó en voz muy baja:

«¿Hemos visto jamás un hombre tan bueno?»

Delaura respondió con un gesto ambiguo. El obispo se incorporó con un movimiento difícil y permaneció apoyado en el brazo de la poltrona hasta que dominó la respiración. No quiso cenar. Delaura se apresuró a encender un candil para alumbrarle el camino del dormitorio.

«Hemos estado muy mal con el virrey», dijo el obispo.

«¿Había alguna razón para estar bien?», preguntó Delaura. «No se toca a la puerta de un obispo sin un anuncio formal.»

El obispo no estaba de acuerdo y se lo hizo saber con una gran vivacidad. «Mi puerta es la de la Iglesia, y él se comportó como un cristiano de los de antes», dijo. «El impertinente fui yo por culpa de mi mal de pecho, y algo he de hacer por enmendarlo.» Ya en la puerta del dormitorio había cambiado de tono y de tema, y despidió a Delaura con una palmadita familiar en el hombro.

«Ruega por mí esta noche», le dijo. «Temo que sea muy larga.»

En efecto, se sintió morir con la crisis de asma que había presentido durante la visita. Como no lo alivió un vomitivo de tártaro ni otros paliativos extremos, tuvieron que sangrarlo de urgencia. Al amanecer había recobrado el buen ánimo.

Cayetano, desvelado en la biblioteca vecina, no se enteró de nada. Empezaba los rezos de la mañana cuando le anunciaron que el obispo lo esperaba en su dormitorio. Lo encontró desayunando en la cama con un tazón de chocolate acompañado de pan y queso, respirando como un fuelle nuevo y con el espíritu exaltado. A Cayetano le bastó con verlo para darse cuenta de que sus decisiones estaban tomadas.

Así era. Contra la solicitud de la abadesa, Sierva María se quedaba en Santa Clara, y el padre Cayetano Delaura seguía a cargo de ella con la confianza plena del obispo. No se mantendría bajo régimen carcelario, como hasta entonces, y debía participar de las ventajas generales de la población del convento. El obispo agradecía las actas, pero su falta de rigor contrariaba la claridad del proceso, de modo que el exorcista debía proceder según su propio criterio. Ordenó por último que Delaura visitara al marqués en nombre suyo, con poderes para resolver cuanto hiciera falta, mientras él tenía tiempo y salud para atenderlo en audiencia.

«No habrá ninguna instrucción más», le dijo el obispo para terminar. «Que Dios te bendiga.»

Cayetano corrió al convento con el corazón desmandado, pero no encontró a Sierva María en su celda. Estaba en la sala de actos, cubierta de joyas legítimas y con la cabellera extendida a sus pies, posando con su exquisita dignidad de negra para un célebre retratista del séquito del virrey. Tan admirable como su belleza era el juicio con que obedecía al artista. Cayetano cayó en éxtasis. Sentado en la sombra y viéndola a ella sin ser visto, le sobró el tiempo para borrar cualquier duda del corazón.

A la hora nona el retrato estaba terminado. El pintor lo escudriñó a distancia, le dio dos o tres pinceladas finales, y antes de firmarlo le pidió a Sierva María que lo viera. Era idéntica, parada en una nube, y en medio de una corte de demonios sumisos. Ella lo contempló sin prisa y se reconoció en el esplendor de sus años. Por fin dijo:

«Es como un espejo.»

«¿Hasta por los demonios?», preguntó el pintor.

«Así son», dijo ella.

Terminada la pose, Cayetano la acompañó hasta la celda. Nunca la había visto caminar, y lo hacía con la gracia y la facilidad con que bailaba. Nunca la había visto con un traje distinto del balandrán de reclusa, y el vestido de reina le daba una edad y una elegancia que le revelaron hasta qué punto era ya una mujer. Nunca habían caminado juntos, y le encantó el candor con que se acompañaban.

La celda era distinta gracias a los dones de persuasión de los virreyes, que en la visita de despedida habían convencido a la abadesa de las buenas razones del obispo. El colchón era nuevo, las sábanas de lino y las almohadas de plumas, y habían puesto utensilios para el aseo cotidiano y el baño del cuerpo. La luz del mar entraba por la ventana sin crucetas y resplandecía en las paredes recién encaladas. Como la comida era la misma de la clausura, ya no fue necesario llevar nada de fuera, pero Delaura se las arregló siempre para pasar de contrabando algunas exquisiteces de los portales.

Sierva María quiso compartir la merienda, y Delaura se conformó con uno de los bizcochuelos que sustentaban el prestigio de las clarisas. Mientras comían, ella hizo un comentario casual:

«He conocido la nieve.»

Cayetano no se alarmó. En otra época se habló de un virrey que quiso traer la nieve de los Pirineos para que la conocieran los aborígenes, pues ignoraba que la teníamos casi dentro del mar en la Sierra Nevada de Santa Marta. Tal vez, con sus artes novedosas, don Rodrigo de Buen Lozano había coronado la hazaña.

«No», dijo la niña. «Fue en un sueño.»

Lo contó: estaba frente a una ventana donde caía una nevada intensa, mientras ella arrancaba y se comía una por una las uvas de un racimo que tenía en el regazo. Delaura sintió un aletazo de pavor. Temblando ante la inminencia de la última respuesta, se atrevió a preguntarle:

«¿Cómo terminó?»

«Me da miedo contárselo», dijo Sierva María. Él no necesitó más. Cerró los ojos y rezó por ella. Cuando terminó era otro.

«No te preocupes», le dijo. «Te prometo que muy pronto serás libre y feliz, por la gracia del Espíritu Santo.»

Bernarda no se había enterado hasta entonces de que Sierva María estaba en el convento. Lo supo casi por casualidad, una noche en que encontró a Dulce Olivia barriendo y ordenando la casa, y la confundió con una alucinación de las suyas. En busca de alguna explicación racional, se dio a registrar cuarto por cuarto, y en el recorrido cayó en la cuenta de que no había visto a Sierva María desde hacía tiempo. Caridad del Cobre le dijo lo que sabía: «El señor marqués nos avisó que se iba muy lejos y que no la veríamos más». Como la luz estaba encendida en el dormitorio del marido, Bernarda entró sin tocar.

Estaba desvelado en la hamaca, entre el humo de las bostas que ardían a fuego lento para espantar a los mosquitos. Vio a la extraña mujer transfigurada por la bata de seda, y también pensó que era una aparición, porque estaba pálida y mustia, y parecía venir de muy lejos. Bernarda le preguntó por Sierva María.

«Hace días que no está con nosotros», dijo él.

Ella lo entendió en el peor sentido y tuvo que sentarse en el primer sillón que encontró para tomar aliento.

«Quiere decir que Abrenuncio hizo lo que había que hacer», dijo.

El marqués se santiguó:

«¡Dios nos libre!»

Le contó la verdad. Tuvo el cuidado de explicarle que no la había informado a tiempo porque quiso tratarla, de acuerdo con lo que ella quería, como si hubiera muerto. Bernarda lo escuchó sin parpadear con una atención que no le había merecido en doce años de mala vida común.

«Sabía que iba a costarme la vida», dijo el marqués, «pero en pago de la de ella.»

Bernarda suspiró: «Quiere decir que ahora nuestra vergüenza es de dominio público». Vio en los párpados del marido el destello de una lágrima, y un temblor le subió de las entrañas. Esta vez no era la muerte sino la certidumbre ineludible de lo que tarde o temprano tenía que suceder. No se equivocó. El marqués se levantó de la hamaca con sus últimas fuerzas, se derrumbó frente a ella y se soltó en un llanto áspero de viejo inservible. Bernarda capituló por el fuego de las lágrimas de hombre que se escurrieron por sus ingles a través de la seda. Confesó, con todo lo que odiaba a

Sierva María, que era un alivio saber que estaba viva.

«Siempre he entendido todo, menos la muerte», dijo.

Volvió a encerrarse en su cuarto, a melaza y cacao, y cuando salió al cabo de dos semanas era un cadáver errante. El marqués había notado trajines de viaje desde muy temprano, y no les prestó atención. Antes que calentara el sol vio salir a Bernarda por el portón del patio en una mula mansa, y seguida por otra con el equipaje. Muchas veces se había ido así, sin muleros ni esclavos, sin despedirse de nadie ni dar razones de nada. Pero el marqués supo que aquella vez se iba para no volver, porque además del baúl de siempre llevaba las dos múcuras repletas de oro puro que tuvo enterradas durante años debajo de la cama.

Tirado a la bartola en la hamaca, el marqués recayó en el terror de que lo acuchillaran los esclavos, y les prohibió entrar en la casa aun durante el día. Así que cuando Cayetano Delaura fue a visitarlo por orden del obispo, tuvo que empujar el portón y entrar sin ser invitado, porque nadie respondió a los aldabonazos. Los mastines se alborotaron en sus jaulas, pero él siguió adelante. En el huerto, con la chilaba sarracena y el gorro toledano, el marqués hacía la siesta en la hamaca, cubierto por completo por los azahares de los naranjos. Delaura lo contempló sin despertarlo, y fue como ver a Sierva María decrépita y hecha trizas por la soledad. El marqués despertó, y tardó en reconocerlo por el parche en el ojo. Delaura levantó la mano con los dedos extendidos en señal de paz.

«Dios lo guarde, señor marqués», dijo. «¿Cómo está?»

«Aquí», dijo el marqués. «Pudriéndome.» Apartó con una mano lánguida las telarañas de la siesta y se sentó en la hamaca. Cayetano se excusó por entrar sin ser invitado. El marqués le explicó que nadie hacía caso del aldabón porque se había perdido la costumbre de recibir visitas. Delaura habló en tono solemne: «El señor obispo, muy atareado y mal del asma, me manda en representación suya». Una vez cumplido el protocolo inicial, se sentó junto a la hamaca y fue al asunto que le abrasaba las entrañas.

«Quiero informarle que me ha sido encomendada la salud espiritual de su hija», dijo.

El marqués lo agradeció y quiso saber cómo estaba.

«Bien», dijo Delaura, «pero quiero ayudarla a que esté mejor.»

Explicó el sentido y el método de los exorcismos. Le habló de la potestad que dio Jesús a sus discípulos para expulsar de los cuerpos los espíritus inmundos, y sanar enfermedades y flaquezas. Le contó la lección evangélica de Legión y los dos mil cerdos endemoniados. Sin embargo, lo primordial era establecer si Sierva María estaba en realidad poseída. Él no lo creía, pero requería la ayuda del marqués para disipar cualquier duda. Ante todo, dijo, quería saber cómo era la hija antes de entrar en el convento.

«No lo sé», dijo el marqués. «Siento que la conozco menos cuanto más la conozco.»

Lo atormentaba la culpa de haberla abandonado a su suerte en el patio de los esclavos. A eso atribuía sus silencios, que podían durar meses; las explosiones de violencia irracional, la astucia con que se burlaba de la madre colgándoles a los gatos el cencerro que ella le ponía en el puño. La mayor dificultad para conocerla era su vicio de mentir por placer.

«Como los negros», dijo Delaura.

«Los negros nos mienten a nosotros, pero no entre ellos», dijo el marqués.

En el dormitorio, Delaura separó con una sola mirada lo que fue la profusa utilería de la abuela y los objetos nuevos de Sierva María: las muñecas vivas, las bailarinas de cuerda, las cajas de música. Sobre la cama, tal como la hizo el marqués, seguía la maletita con que la llevó al convento. La tiorba cubierta de polvo estaba de cualquier modo en un rincón. El marqués explicó que era un instrumento italiano caído en desuso, y magnificó las facultades de la niña para tocarla. Empezó afinándola por distracción, y no sólo terminó tocándola de buena memoria, sino cantando la canción que cantaba con Sierva María.

Fue un instante revelador. La música le dijo a Delaura lo que el marqués no había acertado a decirle de la hija. Éste, a su vez, se conmovió tanto que no pudo terminar la canción. Suspiró:

«No se imagina lo bien que le quedaba el sombrero.»

Delaura se contagió de su emoción.

«Veo que la quiere mucho», le dijo.

«No se imagina cuánto», dijo el marqués. «Daría el alma por verla.»

Delaura sintió una vez más que el Espíritu Santo no se saltaba el mínimo detalle.

«Nada será más fácil», dijo, «si podemos demostrar que no está poseída.»

«Hable con Abrenuncio», dijo el marqués. «Desde el principio ha dicho que Sierva está sana, pero sólo él puede explicarlo.»

Delaura vio su encrucijada. Abrenuncio podía serle providencial, pero hablar con él podía tener implicaciones indeseables. El marqués pareció leerle el pensamiento.

«Es un gran hombre», dijo.

Delaura hizo un gesto significativo con la cabeza.

«Conozco los expedientes del Santo Oficio», dijo.

«Cualquier sacrificio será poco para recuperarla», insistió el marqués. Y como Delaura no daba muestras de nada, concluyó:

«Se lo ruego por el amor de Dios.»

Delaura, con una grieta en el corazón, le dijo:

«Le suplico que no me haga sufrir más.»

El marqués no insistió. Cogió la maletita sobre la cama y le pidió a Delaura que se la llevara a la hija.

«Al menos sabrá que pienso en ella», le dijo.

Delaura huyó sin despedirse. Protegió la maletita bajo la capa y se envolvió en ella, porque llovía a mares. Tardó en darse cuenta de que su voz interior iba repitiendo versos sueltos de la canción de la tiorba. Empezó a cantarla en voz alta, azotado por la lluvia, y la repitió de memoria hasta el final. En el barrio de los artesanos dobló a la izquierda de la ermita, todavía cantando, y tocó a la puerta de Abrenuncio.

Al cabo de un largo silencio, se oyeron los pasos cojitrancos, y la voz medio dormida:

«¡Quién es!»

«La ley», dijo Delaura.

Fue lo único que se le ocurrió para no gritar el nombre. Abrenuncio abrió el portón creyendo que en verdad era gente del gobierno, y no lo reconoció. «Soy el bibliotecario de la diócesis», dijo Delaura. El médico le franqueó el paso en el zaguán en penumbra, y lo ayudó a quitarse la capa ensopada. En su estilo propio le preguntó en latín:

«¿En qué batalla perdió ese ojo?»

Delaura le contó en su latín clásico el percance del eclipse, y se extendió en detalles sobre la persistencia del mal, aunque el médico del obispo le había asegurado que el parche era infalible. Pero Abrenuncio sólo le puso atención a la pureza de su latín.

«Es de una perfección absoluta», dijo asombrado. «¿De dónde es?»

«De Ávila», dijo Delaura.

«Pues más meritorio aún», dijo Abrenuncio.

Le hizo quitar la sotana y las sandalias, las puso a escurrir, y le echó encima su capa de liberto sobre las calzas atascadas. Luego le quitó el parche y lo tiró en el cajón de la basura. «Lo único malo de ese ojo es que ve más de lo que debe», dijo. Delaura estaba pendiente de la cantidad de libros apelmazados en la sala. Abrenuncio lo notó, y lo condujo a la botica, donde había muchos más en estantes altos hasta el techo.

«¡Espíritu Santo!», exclamó Delaura. «Esto es la biblioteca del Petrarca.»

«Con unos doscientos libros más», dijo Abrenuncio.

Lo dejó curiosear a gusto. Había ejemplares únicos que podían costar la cárcel en España. Delaura los reconocía, los hojeaba engolosinado y los reponía en los estantes con el dolor de su alma. En posición privilegiada, con el eterno *Fray Gerundio*, encontró a Voltaire completo en francés, y una traducción al latín de las *Cartas Filosóficas*.

«Voltaire en latín es casi una herejía», dijo en broma.

Abrenuncio le contó que era traducido por un monje de Coimbra que se daba el lujo de hacer libros raros para solaz de peregrinos. Mientras Delaura lo hojeaba, el médico le preguntó si sabía francés.

«No lo hablo, pero lo leo», dijo Delaura en latín. Y agregó sin falsos pudores: «Y además griego, inglés, italiano, portugués y un poco de alemán».

«Se lo pregunto por lo que dijo de Voltaire», dijo Abrenuncio. «Es una prosa perfecta.»

«Y la que más nos duele», dijo Delaura. «Lástima que sea de un francés.»

«Usted lo dice por ser español», dijo Abrenuncio.

«A mi edad, y con tantas sangres cruzadas, ya no sé a ciencia cierta de dónde soy», dijo Delaura. «Ni quién soy.»

«Nadie lo sabe por estos reinos», dijo Abrenuncio. «Y creo que necesitarán siglos para saberlo.»

Delaura conversaba sin interrumpir el examen de la biblioteca. De pronto, como le ocurría a menudo, se acordó del libro que le confiscó el rector del seminario a los doce años, y del cual recordaba sólo un episodio que había repetido a lo largo de la vida a quien pudiera ayudarlo.

«¿Recuerda el título?», preguntó Abrenuncio.

«Nunca lo supe», dijo Delaura. «Y daría cualquier cosa por conocer el final.»

Sin anunciárselo, el médico le puso enfrente un libro que él reconoció al primer golpe de vista. Era una antigua edición sevillana de *Los cuatro libros del Amadís de Gaula*. Delaura lo revisó, trémulo, y se dio cuenta de que estaba a punto de ser insalvable. Al fin se atrevió:

«¿Sabe que éste es un libro prohibido?»

«Como las mejores novelas de estos siglos», dijo Abrenuncio. «Y en lugar de ellas ya no se imprimen sino tratados para hombres doctos. ¿Qué leerían los pobres de hoy si no leyeran a escondidas las novelas de caballería?»

«Hay otras», dijo Delaura. «Cien ejemplares de la edición príncipe del *Quijote* se leyeron aquí el mismo año en que fueron impresos.»

«Se leyeron no», dijo Abrenuncio. «Pasaron por la aduana hacia los distintos reinos.»

Delaura no le puso atención, porque había logrado identificar el precioso ejemplar del *Amadís de Gaula*.

«Este libro desapareció hace nueve años del capítulo secreto de nuestra biblioteca y nunca le hallamos el rastro», dijo.

«Debí imaginármelo», dijo Abrenuncio. «Pero

hay otros motivos para considerarlo un ejemplar histórico: circuló durante más de un año de mano en mano, por lo menos entre once personas, y por lo menos tres murieron. Estoy seguro de que fueron víctimas de algún efluvio ignoto.»

«Mi deber sería denunciarlo al Santo Oficio», dijo Delaura.

Abrenuncio lo tomó en broma:

«¿He dicho una herejía?»

«Lo digo por haber tenido aquí un libro prohibido y ajeno, y no haberlo denunciado.»

«Ése y muchos otros», dijo Abrenuncio, señalando con un amplio círculo del índice sus anaqueles atestados. «Pero si fuera por eso usted habría venido hace tiempo, y yo no le hubiera abierto la puerta.» Se volvió hacia él, y concluyó de buen talante: «En cambio, me alegro de que haya venido ahora, por el placer de verlo aquí».

«El marqués, ansioso por la suerte de su hija, me sugirió que viniera», dijo Delaura.

Abrenuncio lo hizo sentar frente a él, y ambos se abandonaron al vicio de la conversación, mientras una tormenta apocalíptica convulsionaba el mar. El médico hizo una exposición inteligente y erudita de la rabia desde el origen de la humanidad, de sus estragos impunes, de la incapacidad milenaria de la ciencia médica para impedirlos. Dio ejemplos lamentables de cómo se la había confundido desde siempre con la posesión demoníaca, al igual que ciertas formas de locura y otros trastornos del espíritu. En cuanto a Sierva María, al cabo de tantas semanas no parecía probable que la contrajera. El único riesgo vigente, concluyó Abrenuncio, era que muriera como tantos otros por la crueldad de los exorcismos.

La última frase le pareció a Delaura una exageración propia de la medicina medieval, pero no la discutió, porque servía bien a sus indicios teológicos de que la niña no estaba poseída. Dijo que los tres idiomas africanos de Sierva María, tan diferentes del español y el portugués, no tenían ni mucho menos la carga satánica que les atribuían en el convento. Había numerosos testimonios de que tenía una fuerza física notable, pero no había ninguno de que fuera un poder sobrenatural. Tampoco se le había probado ningún acto de levitación o adivinación del futuro, dos fenómenos que por cierto servían también como pruebas secundarias de santidad. Sin embargo, Delaura había procurado el apoyo de cofrades insignes, y aun de otras comunidades, y ninguno se había atrevido a pronunciarse contra las actas del convento ni a contrariar la credulidad popular. Pero era consciente de que ni sus criterios ni los de Abrenuncio convencerían a nadie, y mucho menos los dos juntos.

«Seríamos usted y yo contra todos», dijo.

«Por eso me sorprendió que viniera», dijo Abrenuncio. «No soy más que una pieza codiciada en el coto de caza del Santo Oficio.»

«La verdad es que ni siquiera sé a ciencia cierta por qué he venido», dijo Delaura. «A no ser que esa criatura me haya sido impuesta por el Espíritu Santo para probar la fortaleza de mi fe.»

Le bastó con decirlo para liberarse del nudo de suspiros que lo oprimía. Abrenuncio lo miró a los ojos, hasta el fondo del alma, y se dio cuenta de que estaba a punto de llorar.

«No se atormente en vano», le dijo con un tono sedante. «Tal vez sólo haya venido porque necesitaba hablar de ella.»

Delaura se sintió desnudo. Se levantó, buscó los rumbos de la puerta, y no escapó en estampida porque estaba a medio vestir. Abrenuncio lo ayudó a ponerse la ropa todavía mojada, mientras trataba de demorarlo para seguir la charla. «Con usted conversaría sin parar hasta el siglo venturo», le dijo. Trató de retenerlo con un frasquito de un colirio transparente para curar la persistencia del eclipse en su ojo. Lo hizo regresar de la puerta para buscar la maletita que había olvidado en algún lugar de la casa. Pero Delaura parecía presa de un dolor mortal. Agradeció la tarde, la ayuda médica, el colirio, pero lo único que concedió fue la promesa de volver otro día con más tiempo.

No podía soportar el apremio de ver a Sierva María. Apenas si advirtió, ya en la puerta, que era noche cerrada. Había escampado, pero los albañales estaban rebosados por la tormenta, y Delaura se echó por el medio de la calle con el agua a los tobillos. La tornera del convento trató de cerrarle el paso por la proximidad de la queda. Él la hizo a un lado:

«Orden del señor obispo.»

Sierva María se despertó asustada y no lo reconoció en las tinieblas. Él no supo cómo explicarle por qué iba a una hora tan distinta y agarró al vuelo el pretexto:

«Tu padre quiere verte.»

La niña reconoció la maletita, y la cara se le encendió de furia.

«Pero yo no quiero», dijo.

Él, desconcertado, le preguntó por qué.

«Porque no», dijo ella. «Prefiero morirme.» Delaura trató de zafarle la correa del tobillo sano creyendo que la complacía.

«Déjeme», dijo ella. «No me toque.» Él no le hizo caso, y la niña le soltó una ráfaga de escupitajos en la cara. Él se mantuvo firme, y le ofreció la otra mejilla. Sierva María siguió escupiéndolo. Él volvió a cambiar la mejilla, embriagado por la vaharada de placer prohibido que le subió de las entrañas. Cerró los ojos y rezó con el alma mientras ella seguía escupiéndolo, más feroz cuanto más gozaba él, hasta que se dio cuenta de la inutilidad de su rabia. Entonces Delaura asistió al espectáculo pavoroso de una verdadera energúmena. La cabellera de Sierva María se encrespó con vida propia como las serpientes de la Medusa, y de la boca salió una baba verde y un sartal de improperios en lenguas de idólatras. Delaura blandió su crucifijo, lo acercó a la cara de ella, y gritó aterrado:

«Sal de ahí, quienquiera que seas, bestia de los infiernos.»

Sus gritos atizaron los de la niña, que estaba a punto de romper las hebillas de las correas. La guardiana acudió asustada y trató de someterla, pero sólo Martina lo consiguió con sus maneras celestiales. Delaura huyó.

El obispo estaba inquieto de que no hubiera llegado a la lectura de la cena. Se dio cuenta de que flotaba en una nube personal donde nada de este mundo ni del otro le importaba, como no fuera la imagen terrorífica de Sierva María envilecida por el diablo. Huyó a la biblioteca pero no pudo leer. Rezó con la fe exacerbada, cantó la canción de la tiorba, lloró con lágrimas de aceite ardiente que le abrasaron las entrañas. Abrió la maletita de Sierva María y puso las cosas una por una sobre la mesa. Las conoció, las olió con un deseo ávido del cuerpo, las amó, y habló con ellas en hexámetros obscenos, hasta que no pudo más. Entonces se desnudó el torso, sacó de la gaveta del mesón de trabajo la disciplina de hierro que nunca se había atrevido a tocar, y empezó a flagelarse con un odio insaciable que no había de darle tregua hasta extirpar en sus entrañas hasta el último vestigio de Sierva María. El obispo, que había quedado pendiente de él, lo encontró revolcándose en un lodazal de sangre y de lágrimas.

«Es el demonio, padre mío», le dijo Delaura. «El más terrible de todos.»

Cinco

El obispo lo llamó a capítulo en su oficina y escuchó sin contemplaciones su confesión descarnada y completa, consciente de que no estaba oficiando un sacramento sino una diligencia judicial. La única debilidad que tuvo con él fue mantener en secreto su verdadera falta, pero lo despojó de sus encomiendas y privilegios sin ninguna explicación pública, y lo mandó a servir de enfermero de leprosos en el hospital del Amor de Dios. Él suplicó el consuelo de decir la misa de cinco para los leprosos, y el obispo se lo concedió. Se arrodilló con una sensación de alivio profundo, y rezaron juntos un Padre Nuestro. El obispo lo bendijo y lo ayudó a incorporarse.

«Que Dios se apiade de ti», le dijo. Y lo borró de su corazón.

Aun después de que Cayetano había empezado a cumplir la condena, altos dignatarios de la diócesis intercedieron a su favor, pero el obispo fue inquebrantable. Descartó la teoría de que los exorcistas terminan poseídos por los mismos demonios que quieren conjurar. Su argumento final fue que Delaura no se había concretado a enfrentarlos con la autoridad inapelable de Cristo, sino que incurrió en la impertinencia de discutir con ellos sobre asuntos de fe. Fue eso, dijo el obispo, lo que comprometió su alma y lo puso al borde de la herejía. Sorprendió más, sin embargo, que el obispo hubiera sido tan severo con su hombre de confianza por una culpa que merecía a duras penas una penitencia de velas verdes.

Martina se había hecho cargo de Sierva María con una devoción ejemplar. También ella estaba atribulada por la negativa del indulto, pero la niña no lo advirtió hasta una tarde de bordado en la terraza, cuando alzó la vista y la vio bañada en lágrimas. Martina no le ocultó su desesperación: «Prefiero estar muerta a seguir muriéndome en este encierro.»

Su única esperanza, dijo, eran los tratos de Sierva María con sus demonios. Quería saber quiénes eran, cómo eran, cómo negociar con ellos. La niña enumeró seis, y Martina identificó a uno como un demonio africano que alguna vez había hostigado la casa de sus padres. Una nueva ilusión la animó.

«Quisiera hablar con él», dijo. Y precisó el mensaje: «A cambio de mi alma».

Sierva María se regodeó en la picardía. «No tiene habla», dijo. «Uno lo mira a la cara y ya sabe lo que dice.» Con toda seriedad le prometió avisarle para que se viera con él en la siguiente visitación.

Cayetano, por su parte, se había sometido con humildad a las condiciones infames del hospital. Los leprosos, en estado de muerte legal, dormían por los suelos en barracas de palma con pisos de tierra aplanada. Muchos se arrastraban como mejor podían. Los martes, día de curación general, eran agotadores. Cayetano se impuso el sacrificio purificador de lavar los cuerpos menos válidos en las artesas del establo. En ésas estaba el primer martes de la penitencia, con la dignidad sacerdotal reducida al burdo camisón de enfermero, cuando apareció Abrenuncio en el alazán que le regaló el marqués.

«¿Cómo va ese ojo?», le preguntó.

Cayetano no le dio pie para hablar de su desgracia o condolerse de su estado. Le agradeció el colirio que, en efecto, le había borrado de la retina la imagen del eclipse.

«No tiene nada que agradecerme», le dijo Abrenuncio. «Le di lo mejor que conocemos para el deslumbramiento solar: gotas de agua lluvia.»

Lo invitó a que lo visitara. Cayetano le explicó que no podía salir a la calle sin licencia. Abrenuncio no le dio importancia. «Si usted conoce las debilidades de estos reinos, sabrá que las leyes no se cumplen por más de tres días», le dijo. Puso la biblioteca a su disposición para que continuara sus estudios mientras le hacían justicia. Cayetano lo oyó con interés pero sin ninguna ilusión.

«Ahí le dejo esa angustia», concluyó Abrenuncio espoleando el caballo. «Ningún dios puede haber hecho un talento como el suyo para malbaratarlo fricando malatos.»

El martes siguiente le llevó de regalo el tomo de las *Cartas Filosóficas* en latín. Cayetano lo hojeó, lo olfateó por dentro, calculó su valor. Cuanto más lo apreciaba menos entendía a Abrenuncio.

«Quisiera saber por qué me complace tanto», le dijo.

«Porque los ateos no acertamos a vivir sin los clérigos», dijo Abrenuncio. «Los pacientes nos encomiendan sus cuerpos, pero no sus almas, y andamos como el diablo, tratando de disputárselas a Dios.»

«Eso no va con sus creencias», dijo Cayetano.

«Ni yo mismo sé cuáles son», dijo Abrenuncio.

«El Santo Oficio lo sabe», dijo Cayetano.

Al contrario de lo que pudiera pensarse, aquel dardo entusiasmó a Abrenuncio. «Venga a casa y lo discutimos despacio», dijo. «No duermo más de dos horas por noche, y siempre a retazos, así que cualquier momento será bueno.» Espoleó el caballo y se fue.

Cayetano aprendió pronto que un poder grande no se pierde a medias. Las mismas personas que antes lo cortejaban por su privanza le sacaban el cuerpo como a un leproso. Sus amigos de las artes y las letras mundanas se hicieron de lado para no tropezar con el Santo Oficio. Pero a él le daba lo mismo. No tenía más corazón que para Sierva María, y aun así no le bastaba. Estaba convencido de que no habría océanos ni montañas, ni leyes de la tierra o el cielo, ni poder del infierno que pudieran apartarlos.

Una noche, por una inspiración desmesurada, escapó del hospital para colarse de cualquier modo en el convento. Había cuatro puertas. La principal, que era la del torno; otra de igual tamaño del lado del mar, y dos pequeñas de servicio. Las dos primeras eran infranqueables. A Cayetano le fue fácil identificar desde la playa la ventana de Sierva María en el pabellón de la cárcel, por ser la única que ya no estaba condenada. Revisó el edificio palmo a palmo desde la calle buscando en vano una brecha mínima por donde escalarlo.

Estaba a punto de rendirse cuando recordó el túnel por donde la población abastecía el convento durante el *Cessatio a Divinis*. Los túneles, de cuarteles o de conventos, eran muy de la época. Había no menos de seis conocidos en la ciudad, y otros se fueron descubriendo en el curso de los años con sus arandelas de folletín. Un leproso que había sido sepulturero le reveló a Cayetano cuál era el que buscaba: un albañal en desuso que comunicaba el convento con un solar vecino donde el siglo anterior estuvo el cementerio de las primeras clarisas. Salía justo debajo del pabellón de la cárcel, y frente a un muro alto y áspero que parecía inaccesible. Sin embargo, Cayetano consiguió escalarlo al cabo de muchos intentos frustrados, como creía conseguirlo todo por el poder de la oración.

El pabellón era un remanso en la madrugada. Seguro de que la vigilante dormía fuera, sólo se cuidó de Martina Laborde, que roncaba con la puerta entreabierta. Hasta ese momento lo había tenido en vilo la tensión de la aventura, pero cuando se vio frente a la celda, con el candado abierto en la argolla, el corazón se le salió de quicio. Empujó la puerta con la punta de los dedos, dejó de vivir mientras duró el chillido de los goznes, y vio a Sierva María dormida a la luz de la veladora del Santísimo. Ella abrió los ojos de pronto, pero se demoró para reconocerlo con el camisón de lienzo de los enfermeros de leprosos. Él le mostró las uñas ensangrentadas.

«Escalé la tapia», le dijo sin voz.

Sierva María no se conmovió.

«Para qué», dijo.

«Para verte», dijo él.

No supo qué más decir, aturdido por el temblor de las manos y las grietas de la voz.

«Váyase», dijo Sierva María.

Él negó con la cabeza varias veces por miedo de que le fallara la voz. «Váyase», repitió ella. «O me pongo a gritar.» Él estaba entonces tan cerca que podía sentir su aliento virgen.

«Así me maten no me voy», dijo. Y de pronto se sintió del otro lado del terror, y agregó con voz firme: «De modo que si vas a gritar puedes empezar ya».

Ella se mordió los labios. Cayetano se sentó en la cama y le hizo el relato minucioso de su castigo, pero no le dijo las razones. Ella entendió más de lo que él era capaz de decir. Lo miró sin recelos y le preguntó por qué no tenía el parche en el ojo.

«Ya no me hace falta», dijo él, alentado. «Ahora cierro los ojos y veo una cabellera como un río de oro.»

Se fue al cabo de dos horas, feliz, porque Sierva María aceptó que volviera, siempre que le llevara sus dulces favoritos de los portales. Llegó tan temprano la noche siguiente que aún había vida en el convento, y ella tenía el candil encendido para terminar el bordado de Martina. La tercera noche llevó mechas y aceite para alimentar la luz.

La cuarta noche, sábado, estuvo varias horas ayudándola a espulgarse de los piojos que habían vuelto a proliferar en el encierro. Cuando la cabellera quedó limpia y peinada, él sintió una vez más el sudor glacial de la tentación. Se acostó junto a Sierva María con la respiración desacordada y se encontró con sus ojos diáfanos a un palmo de los suyos. Ambos se aturdieron. Él, rezando de miedo, le sostuvo la mirada. Ella se atrevió a hablar:

«¿Cuántos años tiene?»

«Cumplí treinta y seis en marzo», dijo él.

Ella lo escudriñó.

«Ya es un viejecito», le dijo con un punto de burla. Se fijó en los surcos de su frente, y agregó con toda la inclemencia de su edad: «Un viejecito arrugado». Él lo tomó con buen ánimo. Sierva María le preguntó por qué tenía un mechón blanco.

«Es un lunar», dijo él.

«De afeite», dijo ella.

«De natura», dijo él. «También mi madre lo tuvo.»

Hasta entonces no había dejado de mirarla a los ojos y ella no daba muestras de rendirse. Él suspiró hondo, y recitó:

«*Oh dulces prendas por mi mal halladas.*»

Ella no entendió.

«Es un verso del abuelo de mi tatarabuela», le explicó él. «Escribió tres églogas, dos elegías, cinco canciones y cuarenta sonetos. Y la mayoría por una portuguesa sin mayores gracias que nunca fue suya, primero porque él era casado, y después porque ella se casó con otro y murió antes que él.»

«¿También era fraile?»

«Soldado», dijo él.

Algo se movió en el corazón de Sierva María, pues quiso oír el verso de nuevo. Él lo repitió, y esta vez siguió de largo, con voz intensa y bien articulada, hasta el último de los cuarenta sonetos del caballero de amor y de armas, don Garcilaso de la Vega, muerto en la flor de la edad por una pedrada de guerra.

Cuando terminó, Cayetano tomó la mano de Sierva María y la puso sobre su corazón. Ella sintió dentro el fragor de su tormenta.

«Siempre estoy así», dijo él.

Y sin darle tiempo al pánico se liberó de la materia turbia que le impedía vivir. Le confesó que no tenía un instante sin pensar en ella, que cuanto comía y bebía tenía el sabor de ella, que la vida era ella a toda hora y en todas partes, como sólo Dios tenía el derecho y el poder de serlo, y que el gozo supremo de su corazón sería morirse con ella. Siguió hablándole sin mirarla, con la misma fluidez y el calor con que recitaba, hasta que tuvo la impresión de que Sierva María se había dormido. Pero estaba despierta, fijos en él sus ojos de cierva azorada. Apenas se atrevió a preguntar:

«¿Y ahora?»

«Ahora nada», dijo él. «Me basta con que lo sepas.»

No pudo seguir. Llorando en silencio pasó su brazo por debajo de la cabeza de ella para que le sirviera de almohada, y ella se enroscó en su costado. Permanecieron así, sin dormir, sin hablar, hasta que empezaron a cantar los gallos, y él tuvo que apurarse para llegar a tiempo a la misa de cinco. Antes que se fuera, Sierva María le regaló el precioso collar de Oddúa: dieciocho pulgadas de cuentas de nácar y coral.

El pánico había sido reemplazado por la zozobra del corazón. Delaura no tenía sosiego, hacía las cosas de cualquier modo, flotaba, hasta la hora feliz en que huía del hospital para ver a Sierva María. Llegaba jadeando a la celda ensopado por las lluvias perpetuas, y ella lo esperaba con tal ansiedad que la sola sonrisa de él le devolvía el aliento. Una noche fue ella quien tomó la iniciativa con los versos que aprendía de tanto oírlos. *«Cuando me paro a contemplar mi estado y a ver los pasos por do me has traído»*, recitó. Y preguntó con picardía:

«¿Cómo sigue?»

«Yo acabaré, que me entregué sin arte a quien sabrá perderme y acabarme», dijo él.

Ella lo repitió con la misma ternura, y continuaron así hasta el final del libro, saltando versos, pervirtiendo y tergiversando los sonetos por conveniencia, jugueteando con ellos a su antojo con un dominio de dueños. Se durmieron de cansancio. La guardiana entró con el desayuno a las cinco, en medio de la algazara de los gallos, y ambos despertaron asustados. Se les paró la vida. La vigilante puso el desayuno en la mesa, hizo una inspección de rutina con el farol, y salió sin ver a Cayetano en la cama.

«Lucifer es un bicho», se burló él cuando recobró el aire. «También a mí me ha vuelto invisible.»

Sierva María tuvo que refinar su astucia para que la vigilante no volviera a entrar en la celda aquel día. Tarde en la noche, después de una jornada entera de retozos, se sentían amados desde siempre. Cayetano, entre broma y de veras, se atrevió a zafarle a Sierva María el cordón del corpiño. Ella se protegió el pecho con las dos manos, y hubo un destello de furia en sus ojos y una ráfaga de rubor le encendió la frente. Cayetano le agarró las manos con el pulgar y el índice, como si estuvieran a fuego vivo, y se las apartó del pecho. Ella trató de resistir, y él le opuso una fuerza tierna pero resuelta.

«Repite conmigo», le dijo: «*En fin a vuestras manos he venido*».

Ella obedeció. «*Do sé que he de morir*», prosiguió él, mientras le abría el corpiño con sus dedos helados. Ella lo repitió casi sin voz, temblando de miedo: «*Para que sólo en mí fuese probado cuánto corta una espada en un rendido*». Entonces la besó en los labios por primera vez. El cuerpo de Sierva María se estremeció con un quejido, soltó una tenue brisa de mar y se abandonó a su suerte. Él se paseó por su piel con la yema de los dedos, sin tocarla apenas, y vivió por primera vez el prodigio de sentirse en otro cuerpo. Una voz interior le hizo ver qué lejos había estado del diablo en sus insomnios de latín y griego, en los éxtasis de la fe, en los yermos de la pureza, mientras ella convivía con todas las potencias del amor libre en las barracas de los esclavos. Se dejó guiar por ella, tanteando en las tinieblas, pero se arrepintió en el último instante y se desbarrancó en un cataclismo moral. Permaneció bocarriba con los ojos cerrados. Sierva María se asustó de su silencio y su quietud de muerte, y lo tocó con un dedo.

«¿Qué le pasa?», le preguntó.

«Déjame ahora», murmuró él. «Estoy rezando.» En los días siguientes sólo tuvieron instantes de sosiego mientras estaban juntos. No se saciaron de hablar de los dolores del amor. Se agotaban a besos, declamaban llorando a lágrima viva versos de enamorados, se cantaban al oído, se revolcaban en cenagales de deseo hasta el límite de sus fuerzas: exhaustos pero vírgenes. Pues él había decidido mantener su voto hasta recibir el sacramento, y ella lo compartió.

En las pausas de la pasión intercambiaron pruebas excesivas. Él le dijo que sería capaz de cualquier cosa por ella. Sierva María le pidió con una crueldad infantil que se comiera por ella una cucaracha. Él la atrapó antes de que ella pudiera impedirlo, y se la comió viva. En otros desafíos vesánicos él le preguntó si se cortaría la trenza por él, y ella dijo que sí, pero le advirtió en broma o en serio que en ese caso tendría que casarse con ella para cumplir la condición de la manda. Él llevó a la celda un cuchillo de cocina, y le dijo: «Veamos si es cierto». Ella se volvió de espaldas para que él pudiera cortar de raíz. Lo instó: «Atrévase». No se atrevió. Días después, ella le preguntó si se dejaría degollar como un chivo. Él dijo que sí con firmeza. Ella sacó el cuchillo y se dispuso a probarlo. Él saltó de terror con el escalofrío final. «Tú no», dijo. «Tú no.» Ella, muerta de risa, quiso saber por qué, y él le dijo la verdad:

«Porque tú sí te atreves.»

En los remansos de la pasión empezaron a disfrutar también de los tedios del amor cotidiano. Ella mantenía la celda limpia y en orden para cuando él llegaba con la naturalidad del marido que volvía a casa. Cayetano la enseñaba a leer y escribir y la iniciaba en el culto de la poesía y la devoción del Espíritu Santo, a la espera del día feliz en que fueran libres y casados.

Al amanecer del 27 de abril, Sierva María empezaba a dormirse después que Cayetano abandonó la celda, cuando entraron a buscarla sin anuncio para iniciar los exorcismos. Fue el ritual de un condenado a muerte. La llevaron a rastras al abrevadero, la lavaron a baldazos, la despojaron a tirones de sus collares y le pusieron el camisón brutal de los herejes. Una monja de jardinería le cortó la cabellera hasta la altura de la nuca con cuatro mordiscos de unas cizallas de podar, y la arrojó a la hoguera encendida en el patio. La monja peluquera acabó de tundirle los cabos del tamaño de media pulgada, como lo usaban las clarisas debajo del velo, y fue echándolos al fuego a medida que los cortaba. Sierva María vio la deflagración dorada y oyó la crepitación de la leña virgen y sintió el tufo acre de cuerno quemado sin que se le moviera un músculo de su rostro de piedra. Por último le pusieron una camisa de fuerza, la taparon con un trapo fúnebre, y dos esclavos la llevaron a la capilla en una parihuela de soldados.

El obispo había convocado al Cabildo Eclesiástico, compuesto por prebendados esclarecidos, y éstos habían escogido a cuatro de los suyos para que lo asistieran en el procedimiento de Sierva María. En un último acto de afirmación el obispo se sobrepuso a las miserias de su salud. Dispuso que la ceremonia no fuera en la catedral, como en otras ocasiones memorables, sino en la capilla del convento de Santa Clara, y asumió en persona la ejecución del exorcismo.

Las clarisas encabezadas por la abadesa estuvieron en el coro desde antes de los maitines, y allí los cantaron con acompañamiento de órgano, conmovidas por la solemnidad del día que despuntaba. Enseguida entraron los prelados del Cabildo Eclesiástico, los prebostes de tres órdenes y los principales del Santo Oficio. Aparte de estos últimos, no había ni habría ningún civil.

El obispo entró el último en atuendo de gran ceremonia, llevado en andas por cuatro esclavos y con un aura de aflicción inconsolable. Se sentó frente al altar mayor, junto al catafalco de mármol de los funerales grandiosos, en una poltrona giratoria que le facilitaba el manejo del cuerpo. A las seis en punto, los dos esclavos llevaron a Sierva María en la parihuela, con la camisa de fuerza y todavía tapada con el paño morado.

El calor se hizo insoportable durante la misa cantada. Los bajos del órgano retumbaban en el artesonado, y apenas si dejaban grietas para las voces insípidas de las clarisas invisibles detrás de las celosías del coro. Los dos esclavos medio desnudos que habían llevado la parihuela de Sierva María permanecieron en guardia junto a ella. La descubrieron al final de la misa y la dejaron tendida como una princesa muerta sobre el catafalco de mármol. Los esclavos del obispo lo pusieron junto a ella en la poltrona, y los dejaron solos en un amplio espacio frente al altar mayor.

Lo que siguió fue una tensión invivible y un silencio absoluto que parecían el preludio de algún prodigio celestial. Un acólito puso al alcance del obispo el acetre del agua bendita. Él agarró el hisopo como un mazo de guerra, se inclinó sobre Sierva María, y la asperjó a lo largo del cuerpo murmurando una oración. De pronto profirió el conjuro que estremeció los fundamentos de la capilla.

«Quienquiera que seas», gritó. «Por orden de Cristo, Dios y Señor de todo lo visible y lo invisible, de todo lo que es, lo que fue y lo que ha de ser, abandona ese cuerpo redimido por el bautismo y vuelve a las tinieblas.»

Sierva María, fuera de sí por el terror, gritó también. El obispo aumentó la voz para acallarla, pero ella gritó más. El obispo aspiró a fondo y volvió a abrir la boca para continuar el conjuro, pero el aire se le murió dentro del pecho y no pudo expulsarlo. Se derrumbó de bruces, boqueando como un pescado en tierra, y la ceremonia terminó con un estrépito colosal.

Cayetano encontró aquella noche a Sierva María tiritando de fiebre dentro de la camisa de fuerza. Lo que más lo indignó fue el escarnio del cráneo pelado. «Dios del cielo», murmuró con una rabia sorda, mientras la liberaba de las correas. «Cómo es posible que permitas este crimen.» Tan pronto como quedó libre, Sierva María le saltó al cuello, y permanecieron abrazados sin hablar mientras ella lloraba. Él la dejó desahogarse. Luego le levantó la cara y le dijo: «No más lágrimas». Y enlazó con Garcilaso:

«Bastan las que por vos tengo lloradas.»

Sierva María le contó la terrible experiencia de la capilla. Le habló del estruendo de los coros que parecían de guerra, de los gritos alucinados del obispo, de su aliento abrasador, de sus hermosos ojos verdes enardecidos por la conmoción.

«Era como el diablo», dijo.

Cayetano trató de calmarla. Le aseguró que a pesar de su corpulencia titánica, su voz tormentosa y sus métodos marciales, el obispo era un hombre bueno y sabio. Así que el pavor de Sierva María era comprensible, pero no corría ningún riesgo.

«Lo que quiero es morirme», dijo ella.

«Te sientes furiosa y derrotada, como me siento yo por no poder ayudarte», dijo él. «Pero Dios ha de gratificarnos en el día de la resurrección.»

Se quitó el collar de Oddúa que Sierva María le había regalado, y se lo puso a ella a falta de los suyos. Se tendieron en la cama, uno al lado del otro, y compartieron sus rencores, mientras el mundo se apagaba y sólo iba quedando el cositeo del comején en el artesonado. La fiebre cedió. Cayetano habló en las tinieblas.

«En el Apocalipsis está anunciado un día que no amanecerá nunca», dijo. «Quiera Dios que sea hoy.»

Sierva María habría dormido una hora desde que se fue Cayetano, cuando un ruido nuevo la despertó. Frente a ella, acompañado por la abadesa, estaba un sacerdote viejo de talla imponente, de piel parda atesada por el salitre, con la testa de crines paradas, las cejas agrestes, las manos montaraces, y unos ojos que invitaban a la confianza. Antes de que Sierva María acabara de despertar, el sacerdote le dijo en lengua yoruba:

«Te traigo tus collares.»

Los sacó del bolsillo, tal como la ecónoma del convento se los había devuelto por exigencia suya. A medida que se los colgaba en el cuello a Sierva María los iba enumerando y definiendo en lenguas africanas: el rojo y blanco del amor y la sangre de Changó, el rojo y negro de la vida y la muerte de Elegguá, las siete cuentas de agua y azul pálido de Yemayá. Él se paseaba con tacto sutil del yoruba al congo y del congo al mandinga, y ella lo seguía con gracia y fluidez. Si al final pasó al castellano fue sólo por consideración con la abadesa, incrédula de que Sierva María fuera capaz de tanta dulzura.

Era el padre Tomás de Aquino de Narváez, antiguo fiscal del Santo Oficio en Sevilla y párroco del barrio de los esclavos, escogido por el obispo para sustituirlo en los exorcismos por sus impedimentos de salud. Su historial de hombre duro no dejaba dudas. Había llevado a la hoguera a once herejes, judíos y mahometanos, pero su crédito se fundaba sobre todo en las almas numerosas que había logrado arrebatarles a los demonios más astutos de Andalucía. Era fino de gustos y maneras con la dicción dulce de los canarios. Había nacido aquí, hijo de un procurador del rey que se casó con su esclava cuarterona, y había hecho su noviciado en el seminario local una vez demostrada la limpieza de su linaje por cuatro generaciones de blancos. Sus buenas calificaciones le merecieron el doctorado en Sevilla, donde vivió y predicó hasta sus cincuenta años. De regreso a la tierra había pedido la parroquia más humilde, se apasionó por las religiones y las lenguas africanas, y vivió como otro esclavo entre los esclavos. Nadie parecía mejor hecho para entenderse con Sierva María y enfrentarse con más razón a sus demonios.

Sierva María lo reconoció al instante como un arcángel de salvación, y no se equivocó. En presencia de ella desarticuló los argumentos de las actas y le demostró a la abadesa que ninguno de ellos era terminante. Le enseñó que los demonios de América eran los mismos de Europa, pero su advocación y su conducta eran distintas. Le explicó las cuatro reglas de uso para reconocer la posesión demoníaca y le hizo ver qué fácil resultaba al demonio servirse de ellas para que se creyera lo contrario. Se despidió de Sierva María con un pellizco de cariño en la mejilla.

«Duerme tranquila», le dijo. «Con peores enemigos me las he visto.»

La abadesa quedó tan bien dispuesta, que lo invitó al célebre chocolate perfumado de las clarisas, con las galletitas de anís y los prodigios de repostería reservados a los elegidos. Mientras lo tomaban en el refectorio privado, él impartió sus instrucciones para los pasos siguientes. La abadesa las acató complacida.

«No tengo ningún interés en que a esa infeliz le vaya bien o mal», dijo. «Lo que le ruego a Dios es que salga cuanto antes de este convento.»

El padre le prometió que pondría la mayor diligencia para que fuera asunto de días, y ojalá de horas. Al despedirse en el locutorio, ambos complacidos, ni el uno ni el otro podía imaginarse que nunca más volverían a verse.

Así fue. El padre Aquino, como lo llamaban sus feligreses, se fue caminando hasta su iglesia, pues hacía tiempo que rezaba poco y lo compensaba ante Dios reviviendo cada día el martirio de sus nostalgias. Se demoró en los portales, aturdido por los pregones de los vendedores de todo, a la espera de que bajara el sol para atravesar el barrizal del puerto. Compró los dulces más baratos y una fracción de la lotería de los pobres con la ilusión incorregible de ganársela para restaurar su templo perdulario. Se entretuvo una media hora conversando con las matronas negras, sentadas como ídolos monumentales frente a las baratijas de artesanía expuestas en el suelo sobre esteras de yute. Hacia las cinco cruzó el puente levadizo de Getsemaní, donde acababan de colgar el cadáver de un perro gordo y siniestro para que se supiera que había muerto de rabia. El aire tenía olor a rosas y el cielo era el más diáfano del mundo.

El barrio de los esclavos, al borde mismo de la

marisma, estremecía por su miseria. En las barracas de arcilla con techos de palma se convivía con los gallinazos y los cerdos, y los niños bebían del pantano de las calles. Sin embargo, era el barrio más alegre, de colores intensos y voces radiantes, y más al atardecer, cuando sacaban las sillas para gozar de la fresca en mitad de la calle. El párroco repartió los dulces entre los niños de la marisma, y se quedó con tres para su cena.

El templo era un rancho de bahareque y techo de palma amarga con una cruz de palo en el caballete. Tenía escaños de tablones macizos, un solo altar con un solo santo y un púlpito de madera donde el párroco predicaba los domingos en lenguas africanas. La casa cural era una prolongación de la iglesia por detrás del altar mayor, donde el párroco vivía en condiciones mínimas en un cuarto con una cama de viento y una silla rústica. Al fondo había un patiecito pedregoso y una pérgola de parras con racimos pasmados, y una cerca de espinas que lo separaba de la marisma. La única agua de beber era la de un aljibe de argamasa en un rincón del patio.

Un sacristán viejo y una niña huérfana de catorce años, ambos mandingas conversos, eran los ayudantes en la iglesia y en la casa, pero no hacían falta después del rosario. Antes de cerrar la puerta, el párroco se comió los tres últimos dulces con un vaso de agua, y se despidió de los vecinos sentados en la calle con su fórmula de rutina en castellano:

«Buenas y santas noches os depare Dios a todos.»

A las cuatro de la mañana el sacristán que vivía a una cuadra de la iglesia dio los primeros toques para la misa única. Antes de las cinco, en vista de que el padre se demoraba, fue a buscarlo en su cuarto. No estaba. Tampoco lo encontró en el patio. Siguió buscándolo en los alrededores, porque a veces se iba a conversar desde muy temprano en los patios vecinos. No lo encontró. A los pocos feligreses que acudieron les anunció que no había misa porque no encontraban al párroco. A las ocho, ya con el sol caliente, la niña del servicio fue a sacar agua del aljibe, y allí estaba el padre Aquino, flotando bocarriba con las calzas que se dejaba puestas para dormir. Fue una muerte triste y sentida, y un misterio que nunca se esclareció, y que la abadesa proclamó como la prueba terminante de la inquina del demonio contra su convento.

La noticia no llegó hasta la celda de Sierva María, que se quedó esperando al padre Aquino con una ilusión inocente. No supo explicarle a Cayetano quién era, pero le transmitió su gratitud por la devolución de los collares y la promesa de rescatarla. Hasta entonces les había parecido a ambos que el amor les bastaba para ser felices. Fue Sierva María quien se dio cuenta, desengañada por el padre Aquino, de que la libertad dependía sólo de ellos mismos. Una madrugada, después de largas horas de besos, le suplicó a Delaura que no se fuera. Él lo tomó a la ligera y se despidió con un beso más. Ella saltó de la cama y se abrió de brazos en la puerta.

«O no se va o me voy yo también.»

Le había dicho a Cayetano en alguna ocasión que le hubiera gustado refugiarse con él en San Basilio de Palenque, un pueblo de esclavos fugitivos a doce leguas de aquí, donde sería recibida sin duda como una reina. A Cayetano le pareció una idea providencial, pero no la vinculó con la fuga. Confiaba más bien en formalismos legales. En que el marqués recobrara a su hija con la comprobación indiscutible de que no estaba poseída, y en obtener el perdón y la licencia de su obispo para integrarse a una comunidad civil donde las bodas de clérigos o de monjas fueran tan frecuentes que no escandalizaran a nadie. De modo que cuando Sierva María lo puso en la encrucijada de quedarse o llevársela, Delaura trató de distraerla una vez más. Ella se le colgó del cuello y lo amenazó con gritar. Estaba amaneciendo. Asustado, Delaura logró liberarse con un empellón, y escapó en el momento en que empezaban los maitines.

La reacción de Sierva María fue feroz. Por cualquier contrariedad banal le arañó la cara a la guardiana, se encerró con tranca y amenazó con prenderle fuego a la celda e incinerarse en ella si no la dejaban irse. La guardiana, fuera de sí por la cara ensangrentada, le gritó:

«Atrévete, bestia de Belzebú.»

Como única réplica, Sierva María le prendió fuego al colchón con la lámpara del Santísimo. La intervención de Martina con sus modos sedantes impidió la tragedia. De todos modos, la guardiana pidió en el informe de aquel día que la niña fuera trasladada a una celda mejor protegida en el pabellón de la clausura.

La ansiedad de Sierva María apresuró la de Cayetano por encontrar un recurso inmediato distinto de la fuga. Trató de ver en dos ocasiones al marqués, y en ambas fue impedido por los mastines, que encontró sueltos y de su cuenta en la casa sin dueño. La verdad era que el marqués no volvería a estar allí. Vencido por sus miedos interminables, había tratado de refugiarse al amparo de Dulce Olivia, y ella no le dio puertas. La había llamado por todos los medios desde que le empezaron las soledades, y sólo había recibido respuestas de burlas en pajaritas de papel. De pronto apareció sin ser llamada y sin anunciarse. Había barrido y compuesto la cocina, inservible por falta de uso, y la marmita borboritaba a fuego alegre en la hornilla. Estaba vestida de domingo con volantes de organza, y acicalada con afeites y bálsamos de moda, y lo único que tenía de loca era un sombrero de grandes alas con peces y pájaros de trapo.

«Te agradezco que hayas venido», le dijo el marqués. «Me sentía muy solo.» Y terminó con un lamento:

«He perdido a Sierva.»

«Es culpa tuya», dijo ella sin darle importancia. «Hiciste todo para que se perdiera.»

La cena era un ajiaco al modo criollo, con tres carnes y lo más escogido de la huerta. Dulce Olivia lo sirvió con unas maneras de señora de casa que le iban muy bien a su atuendo. Los perros bravos la seguían acezantes, se le enredaban entre las piernas, y ella los entretenía con susurros de novia. Se sentó a la mesa frente al marqués, como podrían haber estado cuando eran jóvenes y no le temían al amor, y comieron en silencio, sin mirarse, sudando a raudales y tomando la sopa con un desinterés de matrimonio viejo. Después del primer plato, Dulce Olivia hizo una tregua para suspirar, y tomó conciencia de sus años.

«Así hubiéramos sido», dijo.

El marqués se contagió de su crudeza. La vio gorda y envejecida, con dos dientes menos, y los ojos marchitos. Así hubieran sido, quizás, si él hubiera tenido el coraje de contrariar a su padre.

«Tal pareces en tu sano juicio», le dijo.

«Siempre lo he estado», dijo ella. «Fuiste tú el que no me vio nunca como era.»

«Yo te distinguí entre la montonera cuando todas eran jóvenes y bellas y era difícil distinguir a la mejor», dijo él.

«Me distinguí yo misma para ti», dijo ella. «Tú no. Siempre fuiste como ahora: un pobre diablo.»

«Me insultas en mi propia casa», dijo él.

La inminencia del altercado entusiasmó a Dulce Olivia. «Es tan mía como tuya», dijo. «Como es mía la niña aunque la haya parido una perra.» Y sin dar tiempo a la réplica, concluyó:

«Y lo peor son las malas manos en que la has dejado.»

«En las manos de Dios», dijo él.

Dulce Olivia gritó enfurecida:

«En las del hijo del obispo, que la tiene emputecida y empreñada.»

«¡Si te muerdes la lengua te envenenas!», gritó el marqués, escandalizado.

«Sagunta aumenta pero no miente», dijo Dulce Olivia. «Y no intentes humillarme, que ya sólo te quedo yo para empolvarte la cara cuando te mueras.»

Era el final de siempre. Sus lágrimas empezaron a caer en el plato como goterones de sopa. Los perros se habían dormido, pero los despertó la tensión del pleito y alzaron las cabezas alertas y gruñeron con la garganta. El marqués sintió que le faltaba el aire.

«Ya ves», dijo furioso, «es así como hubiéramos sido.»

Ella se levantó sin terminar. Quitó la mesa, lavó los platos y las cazuelas con una rabia sórdida, y a medida que los lavaba iba rompiéndolos en el fregadero. Él la dejó llorar, hasta que vació los escombros de la vajilla como una avalancha de granizo en el cajón de la basura. Se fue sin despedirse. El marqués no supo nunca, ni lo supo nadie, en qué momento Dulce Olivia había dejado de ser ella, y sólo seguía siendo una aparición en las noches de la casa.

El infundio de que Cayetano Delaura era hijo del obispo había sustituido al más antiguo de que eran amantes desde Salamanca. La versión de Dulce Olivia, confirmada y pervertida por Sagunta, decía en efecto que Sierva María estaba secuestrada en el convento para saciar los apetitos satánicos de Cayetano Delaura, y que había concebido un hijo de dos cabezas. Sus saturnales, decía Sagunta, habían contaminado a la comunidad entera de las clarisas.

El marqués no se repuso jamás. Tantaleando

en el tremedal de la memoria buscó un refugio contra el terror, y sólo encontró el recuerdo de Bernarda enaltecido por la soledad. Trató de conjurarlo con las cosas que más odiaba de ella, sus vientos fétidos, sus repostadas ríspidas, sus juanetes de gallo, y cuanto más quería envilecerla más se la idealizaban los recuerdos. Derrotado por la añoranza le mandó recados de tanteos al trapiche de Mahates donde la suponía desde que se fue, y allí estaba. Le mandó razón de que olvidara sus rencores y regresara a casa, para que ambos tuvieran al menos con quién morir. Ante la falta de respuesta, se fue a buscarla.

Tuvo que remontar los afluentes de la memoria. La hacienda que había sido la mejor del virreinato estaba reducida a la nada. Era imposible distinguir el camino entre la maleza. Del ingenio sólo quedaban los escombros, las máquinas carcomidas por el óxido, las osamentas de los dos últimos bueyes todavía uncidas al brazo del trapiche. El pozo de los suspiros era lo único que parecía con vida a la sombra de los totumos. Antes de divisar la casa entre las breñas calcinadas de los cañaverales, el marqués percibió el perfume de los jabones de Bernarda, que había terminado por ser su olor natural, y se dio cuenta de cuán ansioso estaba por verla. En la baranda del pórtico, sentada en un mecedor y comiendo cacao con la mirada inmóvil en el horizonte, allí estaba. Tenía una saya de algodón rosado y el cabello todavía húmedo por el baño reciente en el pozo de los suspiros.

El marqués la saludó antes de subir los tres escalones del portal: «Buenas tardes». Bernarda le contestó sin mirarlo, como si el saludo hubiera sido de nadie. El marqués subió a la baranda, y desde allí recorrió el horizonte completo con una mirada continua por encima de la maleza. Hasta donde alcanzaba la vista no había sino monte salvaje y sólo los totumos del pozo. «¿Qué se ha hecho de la gente?», preguntó. Bernarda, igual que su padre, volvió a contestarle sin mirarlo. «Se han ido todos», dijo. «No hay un ser vivo en cien leguas a la redonda.»

Él entró en busca de un asiento. La casa estaba desportillada, y unos arbustos de florecitas moradas despuntaban por entre los ladrillos del piso. En el comedor estaba la mesa antigua con las mismas sillas carcomidas por el comején, el reloj parado en una hora de quién sabía cuándo, y todo en un aire de un polvo invisible que se sentía al respirar. El marqués se llevó una de las sillas, se sentó junto a Bernarda, y le dijo en voz muy baja:

«He venido por usted.»

Bernarda no se inmutó, pero hizo con la cabeza una afirmación apenas perceptible. Él le contó su estado: la casa solitaria, los esclavos agazapados detrás de los arbustos con los cuchillos listos, las noches interminables.

«Aquello no es vida», dijo.

«Nunca lo ha sido», dijo ella.

«Tal vez pudiera serlo», dijo él.

«No me diría tal cosa si de veras supiera cuánto lo odio», dijo ella.

«También yo he creído siempre que la odio», dijo él, «y ahora me sucede que no lo sé a ciencia cierta.»

Bernarda le abrió entonces sus entrañas para que él se viera dentro a la luz del día. Le contó cómo fue que su padre la mandó con el pretexto de los arenques y los encurtidos, cómo lo engañaron con el truco viejo de la lectura de la mano, cómo acordaron que ella lo violara cuando él se hacía el desentendido, y cómo habían planeado la maniobra fría y certera de concebir a Sierva María para atraparlo de por vida. Lo único que él debía agradecerle era que no hubiera tenido corazón para el último acto acordado con su padre, que era echarle un chorro de láudano en la sopa para no tener que sufrirlo.

«Yo misma me puse la soga al cuello», dijo. «Pero no me arrepiento. Era demasiado esperar que además de todo tuviera que amar a esa pobre sietemesina, o a usted, que ha sido la causa de mis desgracias.»

Con todo, el último peldaño de su degradación había sido la pérdida de Judas Iscariote. Buscándolo en otros se había entregado a la fornicación sin freno con los esclavos del trapiche, que era lo que más asco le daba antes de atreverse la primera vez. Los escogía en cuadrillas y los despachaba en fila india en la guardarraya de los platanales hasta que la miel fermentada y las tabletas de cacao resquebrajaron sus encantos, y se volvió hinchada y fea, y los ánimos no le alcanzaron para tanto cuerpo. Entonces empezó a pagar. Primero con oropeles a los más jóvenes, según la belleza y el calibre, y al final en oro puro con los que pudiera. Tardó demasiado en descubrir que escapaban en masa a San Basilio de Palenque para ponerse a salvo de su hambrina insaciable.

«Entonces supe que hubiera sido capaz de matarlos a machetazos», dijo, sin una lágrima. «Y no sólo a ellos sino también a usted y a la niña, y al baratero de mi padre, y a todo el que se había cagado en mi vida. Pero ya no era nadie para matar a nadie.»

Permanecieron en silencio viendo el atardecer sobre las breñas. Un tropel de animales remotos se oyó en el horizonte, y una voz de mujer inconsolable los llamó por sus nombres, uno por uno, hasta que se hizo noche. El marqués suspiró:

«Ya veo que no tengo nada que agradecerle.»

Se levantó sin prisas, volvió a poner la silla en su lugar, y se fue por donde había venido, sin despedirse y sin una luz. Lo único que se encontró de él, dos veranos más tarde, en una vereda sin rumbo, fue la osamenta carcomida por los gallinazos.

Martina Laborde había hecho aquel día una sesión de bordado que duró la mañana entera para terminar una labor atrasada. Almorzó en la celda de Sierva María, y luego fue a la suya para hacer la siesta. Por la tarde, ya en las últimas puntadas, le habló con una rara tristeza.

«Si alguna vez sales de este encierro, o si salgo primero, acuérdate siempre de mí», le dijo. «Ha de ser mi única gloria.»

Sierva María no lo entendió hasta el día siguiente, cuando la guardiana la despertó a gritos porque Martina no amaneció en su celda. Habían registrado a fondo el convento y no hallaron ni un rastro. La única noticia que se tuvo de ella fue un papel escrito con su letra florida que Sierva María encontró debajo de la almohada: *Rezaré tres veces al día porque seáis muy felices.*

Estaba todavía aturdida por la sorpresa, cuando entró la abadesa con la vicaria y otras reverendas de infantería, y con una patrulla de guardias armados de mosquetes. Tendió una mano colérica para tocar a Sierva María, y le gritó:

«Eres cómplice y serás castigada.»

La niña levantó la mano libre con una determinación que paralizó a la abadesa en su sitio.

«Los vi salir», dijo.

La abadesa quedó atónita.

«¿No estaba sola?»

«Eran seis», dijo Sierva María.

No parecía posible, y menos aún que salieran por la terraza, cuya única vía de escape era el patio fortificado. «Tenían alas de murciélago», dijo Sierva María aleteando con los brazos. «Las abrieron en la terraza, y se la llevaron volando, volando, hasta el otro lado del mar.» El capitán de la patrulla se santiguó espantado y cayó de rodillas.

«Ave María Purísima», dijo.

«Sin pecado original concebida», dijeron a coro.

Fue una fuga perfecta, planeada por Martina en sus mínimos detalles con un sigilo absoluto, desde que descubrió que Cayetano pasaba las noches en el convento. Lo único que no previó, o que no le importó, fue que debía cerrar desde dentro la entrada del albañal para evitar cualquier sospecha. Los investigadores de la fuga lo encontraron abierto, lo exploraron, descubrieron la verdad, y lo tapiaron de inmediato por sus dos extremos. Sierva María fue mudada a la fuerza a una celda con candado en el pabellón de las enterradas vivas. Esa noche, bajo una luna espléndida, Cayetano se rompió los puños tratando de derribar la tapia del túnel.

Arrebatado por una fuerza demente corrió en busca del marqués. Empujó el portón sin tocar y entró en la casa desierta, cuya luz de dentro era la misma de la calle, porque los muros de cal parecían transparentes por la claridad de la luna. La limpieza, el orden de los muebles, las flores de los canteros, todo era perfecto en la casa abandonada. El quejido de los goznes había alborotado a los mastines, pero Dulce Olivia los calló en seco con una orden marcial. Cayetano la vio en las sombras verdes del patio, hermosa y fosforescente, con la túnica de marquesa y el cabello adornado de camelias vivas de olores frenéticos, y alzó la mano con la cruz del índice y el pulgar.

«En el nombre de Dios: ¿quién eres?», preguntó.

«Un ánima en pena», dijo ella. «¿Y usted?»

«Soy Cayetano Delaura», dijo él, «y vengo a rogarle de rodillas al señor marqués que me escuche un instante.»

Los ojos de Dulce Olivia centellearon de furia.

«El señor marqués no tiene nada que escuchar de un rufián», dijo.

«¿Y quién es usted para decirlo con tal dominio?»

«Soy la reina de esta casa», dijo.

«Por el amor de Dios», dijo Delaura. «Avísele al marqués que vengo a hablarle de su hija.» Y sin más vueltas, con la mano en el pecho, dijo:

«Muero de amor por ella.»

«Una palabra más y suelto los perros», dijo Dulce Olivia indignada, y señaló hacia la puerta: «Fuera de aquí».

Era tanta la fuerza de su autoridad, que Cayetano salió de la casa caminando hacia atrás para no perderla de vista.

El martes, cuando Abrenuncio entró en su cubículo del hospital encontró a Delaura destruido por las vigilias mortales. Le contó todo, desde los motivos reales de su castigo hasta las noches de amor en la celda. Abrenuncio se quedó perplejo.

«Me hubiera imaginado cualquier cosa de usted, menos estos extremos de demencia.»

Cayetano, sorprendido a su vez, le preguntó:

«¿Nunca ha pasado por esto?»

«Nunca, hijo mío», dijo Abrenuncio. «El sexo es un talento y yo no lo tengo.»

Trató de disuadirlo. Le dijo que el amor era un sentimiento contra natura, que condenaba a dos desconocidos a una dependencia mezquina e insalubre, tanto más efímera cuanto más intensa. Pero Cayetano no lo oyó. Su obsesión era huir lo más lejos posible de la opresión del mundo cristiano.

«Sólo el marqués puede ayudarnos con la ley»,

dijo. «He querido suplicárselo de rodillas pero no lo encontré en casa.»

«No lo encontrará nunca», dijo Abrenuncio. «Las voces que le llegaron es que usted trató de abusar de la niña. Y ahora veo que desde el punto de vista de un cristiano no le falta razón.» Lo miró a los ojos:

«¿No teme condenarse?»

«Creo que ya lo estoy, pero no por el Espíritu Santo», dijo Delaura sin alarma. «Siempre he creído que él toma más en cuenta el amor que la fe.»

Abrenuncio no pudo ocultar la admiración que le causaba aquel hombre recién liberado de las servidumbres de la razón. Pero no le hizo promesas falsas, y menos cuando estaba de por medio el Santo Oficio.

«Ustedes tienen una religión de la muerte que les infunde el valor y la dicha para enfrentarla», le dijo. «Yo no: creo que lo único esencial es estar vivo.»

Cayetano corrió al convento. Entró a pleno día por la puerta del servicio y atravesó el jardín sin precaución alguna convencido de ser invisible por el poder de la oración. Subió al segundo piso, atravesó un corredor solitario de techos muy bajos que comunicaba los dos cuerpos del convento, y entró en el mundo silente y enrarecido de las enterradas vivas. Sin saberlo, había pasado frente a la nueva celda donde Sierva María lloraba por él. Estaba a punto de alcanzar el pabellón de la cárcel cuando lo frenó un grito a sus espaldas:

«¡Alto!»

Se volvió y vio una monja con la cara cubierta por el velo, y un crucifijo alzado contra él. Dio un paso adelante, pero la monja le interpuso a Cristo. *«¡Vade retro!»*, le gritó.

A sus espaldas oyó otra voz: *«Vade retro»*. Y luego otra y otra: *«Vade retro»*. Giró varias veces sobre sí mismo y se dio cuenta de que estaba en el centro de un círculo de monjas fantásticas de caras veladas que lo acosaban a gritos con sus crucifijos:

«¡Vade retro, Satanás!»

Cayetano llegó al final de sus fuerzas. Fue puesto a disposición del Santo Oficio, y condenado en un juicio de plaza pública que arrojó sobre él sospechas de herejía y provocó disturbios populares y controversias en el seno de la Iglesia. Por una gracia especial cumplió la condena como enfermero en el hospital del Amor de Dios, donde vivió muchos años en contubernio con sus enfermos, comiendo y durmiendo con ellos por los suelos, y lavándose en sus artesas aun con aguas usadas, pero no consiguió su anhelo confesado de contraer la lepra.

Sierva María lo había esperado en vano. A los tres días dejó de comer en una explosión de rebeldía que agravó los indicios de la posesión. Trastornado por la caída de Cayetano, por la muerte indescifrable del padre Aquino, por la resonancia pública de una desventura que escapó a su sabiduría y a su poder, el obispo reasumió los exorcismos con una energía inconcebible en su estado y a su edad. Sierva María, esta vez con el cráneo rapado a navaja y la camisa de fuerza, lo enfrentó con una ferocidad satánica, hablando en lenguas o con aullidos de pájaros infernales. El segundo día se sintió un bramido inmenso de ganados embravecidos, la tierra tembló, y ya no fue posible pensar que Sierva María no estuviera a merced de todos los demonios del averno. De regreso a la celda le aplicaron una lavativa de agua bendita, que era el método francés para expulsar los que pudieran quedar en sus entrañas.

El acoso prosiguió por tres días más. Aunque llevaba una semana sin comer, Sierva María logró liberar una pierna y le dio al obispo un golpe de talón en el bajo vientre que lo derribó por los suelos. Sólo entonces se dieron cuenta de que había podido soltarse porque su cuerpo era tan escuálido que ya no lo sujetaban las correas. El escándalo aconsejaba interrumpir los exorcismos, y así lo estimó el Cabildo Eclesiástico, pero el obispo se opuso.

Sierva María no entendió nunca qué fue de Cayetano Delaura, por qué no volvió con su cesta de primores de los portales y sus noches insaciables. El 29 de mayo, sin alientos para más, volvió a soñar con la ventana de un campo nevado, donde Cayetano Delaura no estaba ni volvería a estar nunca. Tenía en el regazo un racimo de uvas doradas que volvían a retoñar tan pronto como se las comía. Pero esta vez no las arrancaba una por una, sino de dos en dos, sin respirar apenas por las ansias de ganarle al racimo hasta la última uva. La guardiana que entró a prepararla para la sexta sesión de exorcismos la encontró muerta de amor en la cama con los ojos radiantes y la piel de recién nacida. Los troncos de los cabellos le brotaban como burbujas en el cráneo rapado, y se les veía crecer.

Gabriel García Márquez
y *Del amor y otros demonios*

Del amor y otros demonios, publicada en 1994, es, hasta la fecha, la última novela de ficción publicada por Gabriel García Márquez (le han seguido en 1996 el libro de periodismo político *Noticia de un secuestro* y en 2002 el primer volumen de sus memorias, *Vivir para contarla*). Pero hablar de ficción y realidad en el caso de Gabo es adentrarse en una zona de límites siempre borrosos e imprecisos. Él mismo ha advertido en muchas ocasiones que jamás escribe nada que carezca de un fuerte arraigo en la realidad, y su larga experiencia en el periodismo, profesión de la que nunca se ha despedido por completo, insiste en inmiscuirse en su obra literaria. «Nunca, ni un solo minuto, he dejado de ser periodista», ha afirmado en una entrevista reciente. Como el propio García Márquez escribe en la introducción a *Del amor y otros demonios*, la idea de este libro le vino a raíz de una experiencia vivida en 1949 durante una de las numerosas coberturas periodísticas que llevó a cabo para el diario *El Espectador* de Bogotá en los primeros años de su carrera. La combinación entre la realidad y el mundo mágico de las narraciones que su abuela le contaba cuando era niño, y que caracteriza tantas de sus creaciones literarias, reaparece aquí en su plenitud. Así, la cruda crónica periodística sobre la apertura de las fosas en un convento sirve de introducción y excusa para envolver al lector en un relato de fuertes raíces históricas rodeado en todo momento de un permanente halo sobrenatural y donde confluyen, además, otras dos obsesiones de Gabo: el amor y la filosofía. Álvaro Mutis ha dicho sobre *Del amor y otros demonios* que «es una novela perfecta desde el punto de vista histórico, con fuertes planteamientos de carácter dogmático en la que aparecen ciertos personajes cuya caracterización es realmente genial».

Consultado sobre la imagen que tenía de sí mismo como escritor, García Márquez se definió como un «carpintero» de la literatura, trabajando sus libros a fuerza de subsecuentes tallas y paciente labor. Cada uno de ellos ha visto su forma final tras la corrección de numerosos borradores, que el escritor ha destruido sistemáticamente a fin de no revelar su proceso de escritura ni permitir que, en un futuro, sus manuscritos se vendan como piezas de museo. De hecho, Gabo aseguró que «la máquina que más trabaja en esta casa no es el ordenador, ni la fotocopiadora, ni siquiera el frigorífico, sino la máquina destruye papeles. Dicen que la calidad de un escritor se mide más por lo que desecha que por lo que publica. Siempre destruyo todos los borradores». La excepción a la regla es precisamente *Del amor y otros demonios*. Por primera vez, Gabo decidió conservar los borradores de una novela y regalárselos a Mercedes, su esposa y compañera durante tantos años. Unos papeles que no deben de ocupar poco espacio: pulir *Del amor y otros demonios* le demandó a su autor nada menos que once borradores.

Diseño: Winfried Bährle
Foto del autor: © Camera Press/Cordon

Círculo de Lectores, S. A. (Sociedad Unipersonal)
Travessera de Gràcia, 47-49, 08021 Barcelona
www.circulo.es
1 3 5 7 9 3 0 1 2 8 6 4 2

Licencia editorial para Círculo de Lectores
por cortesía de Latimer, S. A.
Está prohibida la venta de este libro a personas que no
pertenezcan a Círculo de Lectores.

Depósito legal: B. 46030-2003
Fotocomposición: Víctor Igual, S. L., Barcelona
Impreso en EE.UU.
ISBN 84-672-0435-4
N.º 37697